También por ANN CAMERON

El lugar más bonito del mundo

La vida secreta de Amanda K. Woods

Colibrí

Colibrí

ANN CAMERON

Traducido por Alberto Jiménez Rioja

SCHOLASTIC INC.

New York   Toronto   London   Auckland   Sydney

Mexico City   New Delhi   Hong Kong   Buenos Aires

ISBN 0-439-68314-9

12 11 10 9 8 7 6 5 4 3 2   5 6 7 8 9 10/0

Printed in the U.S.A.
First Spanish printing, March 2005

Library of Congress Cataloging-in-Publication Data

Cameron, Ann, 1943–
    [Colibri. Spanish]
    Colibrí / Ann Cameron; traducido por Alberto Jiménez Rioja. — 1st
Spanish ed.
        p.   cm.
    Summary: Kidnapped when she was very young by an unscrupulous
man who has forced her to lie and beg to get money, a twelve-year-old
Mayan girl endures an abusive life, always wishing she could return to
the parents she can hardly remember.
    ISBN 0-439-68314-9 (hardcover)
    [1. Kidnapping — Fiction.   2. Mayas — Fiction.   3. Indians of
Central America — Guatemala — Fiction.   4. Guatemala — Fiction.
5. Spanish language materials.]   I. Jiménez Rioja, Alberto.   II. Title.
PZ73.C343 2005
[Fic] — dc22   2004010743

A Yovany y Jacquelin Yoc Chalcú, mis nietos

▲ ▲ ▲   ÍNDICE   ▲ ▲ ▲

Colibrí

1

El valle

Los musgos y las brillantes hierbas relucían junto al manantial. La tierra olía como si cantara.

Recogí agua en el cuenco de mis manos y bebí.

Comimos los últimos pedazos de pan viejo que nos quedaban. Sacudí las migas de mi perraje, lo doblé en forma cuadrada y me lo puse sobre la cabeza para dar sombra a mis ojos.

—Vámonos, Rosa —dijo Tío.

Siempre me llamaba Rosa. Mi verdadero nombre, Tzunún, era un secreto que casi había olvidado.

El camino era estrecho. Continuamos por él. Tío llevaba nuestras pertenencias a su espalda en la maleta negra con el zíper roto. Para que nada se cayera había metido la maleta dentro de una red de pita provista de un mecapal para cargarla. El mecapal le rodeaba la frente y dejaba una marca en ella.

Nos encontrábamos en el valle Ixil, en las altas montañas de Guatemala, donde llueve tanto y a veces, en el invierno, hay escarcha. Junto a nosotros se veía un bosque de altos pinos, con flores en los claros iluminados por el sol: rojas y pequeñas, con forma de estrella, flores púrpura de hojas dentadas y margaritas amarillas de siete pies de alto. Las margaritas eran mis favoritas, con ese modo que tenían de inclinar sus cabezas y hacer como si me sonrieran.

También había rocas por todas partes, enormes peñascos que se habían precipitado ladera abajo en los tiempos antiguos buscando tierras más llanas y que se habían quedado atascadas donde habían caído. En las partes más altas de estos peñascos brotaban semillas de piñas de pino, que penetraban en la roca con sus raíces, al punto de que algunas se veían rajadas.

Las semillas de las piñas de pino son más livianas que un grano de arena. A veces las pongo en mi mano y las soplo para ver cómo se alejan, tal que si fueran minúsculas motas de polvo y, sin embargo, guardan en ellas el poder de partir rocas. Un poder silencioso e invisible, pero tan real como el de las montañas. ¿Qué era? ¿De dónde venía?

Quería preguntárselo a Tío, pero no lo hice; no le gustaban las preguntas. A veces se pasaba días enteros casi sin hablar.

Tío decía que él era ladino. Es decir, aseguraba que entre sus antepasados remotos había españoles, así como mayas, y decía también que eso lo hacía taciturno y que había heredado una enfermedad de la sangre. Decía que su sangre española odiaba a su sangre maya, y que su sangre maya odiaba a su sangre española, y que se pasaban el tiempo luchando la una contra la otra.

Yo no entendía cómo podía ser eso, porque la sangre es la sangre.

Cruzamos tierras de pastos donde apacentaban ovejas, blancas y negras, ovejas adultas y corderillos que recién aprendían a andar. Los vi chulos, pero no se lo dije. Tío llamaba a las personas que no le gustaban —que eran casi todas— "ovejas apestosas". Pensé entonces que no le gustaban las ovejas.

Detrás de nosotros avanzaba por el camino un *picop*; el ruido del motor engullía la paz del bosque. Nos hicimos a un lado y la vimos pasar como un cohete, ahogando en humo el olor de la hierba y de los pinos. El conductor nos miró y aminoró la marcha, para ver si queríamos subir. El *picop* llevaba ya muchos pasajeros en la parte trasera, agarrados a un armazón de hierro soldado al suelo del *picop*, pero todavía quedaba sitio para nosotros.

Con un gesto, Tío le indicó al conductor que siguiera.

Ésta era una de las partes difíciles de estar con Tío. Nunca sabía con lo que iba a salir. A menudo se subía en vehículos y, cuando llegábamos y el conductor recolectaba el dinero, intentaba escabullirse sin pagar. Otras veces, incluso cuando tenía dinero, se negaba a subir al vehículo que fuera y seguía caminando como si pudiera caminar hasta el fin del mundo.

Tío caminaba deprisa. Cuando era pequeña y no podía mantener su ritmo, solía enojarse y decirme que iba a abandonarme.

Las sandalias me quedaban justas y me dolían los pies. Estaba creciendo de prisa. Demasiado de prisa, decía Tío.

No sabía exactamente cuántos años tenía porque había perdido la cuenta. Tío suponía que unos doce.

Seguimos caminando y, muy pronto, estuvimos de pie sobre un risco desde el cual se divisaba un valle en el que se extendía un pueblecito como si fuera el fondo plano de un cuenco. Podíamos ver casas, con tejado de latón y de teja, y una gran iglesia blanca en el centro.

—Nebaj —dijo Tío.

Era un sitio del que yo no había oído hablar; no me había dicho dónde íbamos.

Tío sacó su machete y cortó una rama que encontró en la cuneta, le dio forma y la convirtió en un bastón.

Comenzamos a bajar hacia el pueblo. Tío daba grandes zancadas balanceando el bastón. Me había parecido que Nebaj estaba más cerca, pero el camino que nos llevaba hacia abajo era largo y serpenteante. Llegamos a unas casas diseminadas y el camino de tierra cambió de aspecto, igual que una persona que se arregla para ir a la ciudad. Se transformó en una calle de pulidos adoquines, bordeada por casas bajas pintadas de amarillo, rojo y azul.

El sol estaba ya bajo en el oeste, y la tarde se hacía fresca. Nos detuvimos a la sombra de las casas. Me quité el perraje de la cabeza y me cubrí los hombros con él. Tío me tendió su bastón y yo me agarré al extremo. No tenía más remedio: acababa de convertirse en ciego.

No me importaba tanto cuando llegábamos a un pueblo y se hacía el cojo, o el sordomudo, pero cuando se hacía el ciego era lo peor. No me decía en qué dirección ir, pero si yo escogía la equivocada se enojaba y me daba con el bastón.

—A la iglesia —dijo.

Intenté adivinar cómo llegar a la iglesia y eché a andar delante de él. Tío me seguía, sujetando el otro extremo del bastón, con la barbilla levantada y una mirada muerta en los ojos.

Un día estábamos en un pueblo donde vi a una niña ayudar a su papá, que era ciego de verdad, pero casi no te dabas cuenta. Caminaban el uno al lado del otro hablando alegremente; el padre se limitaba a sujetarla con suavidad del brazo. Me puse a escucharlos, pero no pude entender lo que decían porque hablaban mam, una lengua que desconozco. Por lo general hablo español como los ladinos, pero mi primera lengua fue la kaqchikel. Si la gente no habla español o kaqchikel entiendo muy poco de lo que dicen.

Ese día, en el pueblo donde se hablaba mam, el padre ciego y su hija doblaron por una callejuela. No pude ver dónde iban, pero me imaginé que se dirigían a una casa de adobe blanco con una puerta azul cielo y geranios rojos en el alféizar de las ventanas. Me pregunté si el papá trabajaba. Cuando llegaron a la casa, ¿los recibió la mamá en la puerta con un abrazo? Imaginé toda una historia sobre ello y le dije a Tío que la manera en que el ciego y la niña caminaban era mejor y más fácil que ir tirando de él con un bastón.

Se puso furioso.

—¡Tonto! —exclamó Tío—. ¡Oveja estúpida! ¿Qué sabe un ciego de ser ciego? ¡Es ciego y ni siquiera le saca partido!

2

La plaza

La estrecha calle en la que estábamos llevaba a la plaza del centro del pueblo, con su iglesia blanca cerniéndose sobre ella. Por encima de la iglesia podía ver las altas montañas verdes y el camino por el que habíamos bajado. La niebla blanca se enroscaba formando una alfombra que se deslizaba perezosamente hacia el pueblo.

La plaza estaba atestada de gente, mayas casi todos. Los hombres iban vestidos con ropas de ladino: vaqueros, camisas y chaquetas ligeras. Las mujeres y las niñas mantenían las viejas tradiciones: llevaban prendas tejidas a mano, huipiles rojos, aunque bordados con otros colores, y cortes por el tobillo que las envolvían y que aseguraban con anchas fajas bordadas.

Mi huipil y mi corte habían sido tejidos en otro pueblo, no sé cuál. Tío los había comprado de segunda mano.

Cuando yo era pequeña, mi ropa era nueva, hecha especialmente para mí. Yo recuerdo a mi madre tejiéndola. Pero esa ropa me había quedado pequeña hace mucho y Tío la había vendido.

Tío miraba ahora a la gente de la plaza, pero con disimulo, fingiendo no hacerlo. Los niños se quedaban muy cerca de sus padres, agarrando las fajas de sus mamás o las manos de sus papás; se aferraban además a las manos de sus hermanitos y hermanitas. Así nadie se perdía. En una familia todos están conectados.

Me preguntaba si Tío y yo estábamos unidos de un modo semejante, si estábamos unidos por algo más que por un bastón. Quizá lo estábamos y no lo sabíamos.

Los bebés viajaban en las espaldas de sus mamás, sujetos por los perrajes de éstas. Llevaban pulseras rojas y gorros de lana para protegerlos del frío de la noche y del mal de ojo.

A veces una persona envidia a una mujer que tiene un hijo hermoso y hace que el niño se enferme sólo con mirarlo. Para protegerlos, los más pequeños iban completamente tapados: no eran más que diminutas formas redondas dentro de la suave lana de los perrajes maternos.

¿Estuve yo alguna vez así, tan cerca de mi madre?

Tío carraspeó y giró el bastón en su mano, indicándome que me diera prisa y cruzara la plaza. Llegamos al centro mismo, donde había multitud de puestos de comida donde se vendían todo tipo de cosas. Recorrí el pasillo que atravesaba los puestos tan de prisa como pude; los padres retiraban a sus hijos para dejarnos pasar.

Los vendedores de jugo de naranja exprimían el jugo en vasos y lavaban los vasos usados en grandes cubos de agua en el suelo. Otros comerciantes preparaban trocitos de carne y elotes sobre fuego de carbón y hervían a fuego lento plátanos con azúcar y canela en ollas grandes. Me llegó también el aroma de papas fritas en aceite hirviendo.

Tío me pinchó con el bastón para que siguiera andando.

Pasamos junto a una mesa sobre la cual había pequeñas bolsas de papel color café llenas de papas fritas y, en el centro, una botella de plástico que contenía salsa verde picante. Llegamos por fin a un espacio abierto y después a la iglesia, cuyos escalones de cemento llevaban al pórtico y cuyas enormes puertas de madera estaban abiertas.

—Cuatro gradas —le dije a Tío, como si él no pudiera verlas.

Subió por ellos y se sentó como si no estuviera seguro de dónde estaba el suelo; se quitó entonces el sombrero y la correa de acarreo y abrió la maleta negra para sacar de ella el recipiente de plástico gris para las limosnas, que colocó entre nosotros.

Cuando íbamos de un sitio a otro, Tío era un hombre que pasaba desapercibido, con su sencilla camisa blanca, sus pantalones negros y sus ojos bajos; pero, cuando se sentaba en el pórtico de una iglesia o en el extremo de un mercado para mendigar, cambiaba.

Era como si le arrancara al aire una gruesa capa de bondad en la que se envolvía y que le hacía parecer más grande; no se podía pasar a su lado sin percibir su humildad. Los transeúntes pensaban que era un hombre que jamás tendría un altercado con nadie, tan humilde que, incluso si alguien lo insultaba, daría la otra mejilla. Pensarías también que era un hombre sobrio y que si le dabas dinero jamás lo usaría para emborracharse, como hacen tantos mendigos. Estarías seguro además de que jamás le robaría nada a nadie y que si alguien dejaba caer algo de valor se lo devolvería a quien lo hubiera perdido, salvo por la terrible tragedia de que no podía, porque era ciego.

Tío era bueno fingiendo ser sordo y mudo y cojo, pero era un artista haciéndose pasar por ciego. Ningún ciego pareció nunca tan ciego como él y nadie bueno jamás pareció tan bueno. No digo que hiciera muchas cosas malas; no las hacía, en realidad. No bebía mucho ni se metía en peleas y, aunque con frecuencia no comíamos otra cosa que pan o tortillas y sal durante días, cuidaba de mí. Se trata sólo de que cuando se envolvía en su invisible capa de bondad, parecía mucho más grande y mejor de lo que en realidad era.

Las familias se acercaban a la iglesia a la luz del crepúsculo, los patojos mayores llevando en brazos a los más pequeños cuyas piernas eran demasiado cortas para subir las gradas. Tío levantó los ojos hacia los rostros de los adultos, como si no pudiera verlos y sólo adivinara dónde se encontraban.

Yo levanté también la cabeza, seria y sin sonreír, exactamente como me había enseñado. Era mi trabajo.

Durante mucho tiempo Tío intentó que lo ayudara más cuando pedía limosnas, diciendo por ejemplo: "por favor, algo para el ciego" o "ayuda para mi papá, que no puede ver". Pero yo era incapaz de decir esas cosas: cuando lo intentaba sólo profería extraños sonidos. Tío me regañaba, me decía que esos ruidos guturales espantaban a la gente, pero yo no podía parar, así que finalmente me dijo que no tenía que hacerlo.

Cuando yo era pequeña hacía las cosas mejor; entonces vivía con mi familia y mi mamá me daba tareas. La primera que me dio fue la de ser honrada y la de no decir malas palabras. Después, sostener el hilo cuando ella tejía, llevar pequeños leños al fuego de la cocina, barrer los cuartos, echar maíz en el patio para alimentar a las gallinas o sacarlas de la huerta si se metían en ella. Otra de mis ocupaciones era abrirle la puerta a mi papá cuando volvía a casa por las noches y recibirlo con una sonrisa.

Las tareas son muy importantes en las familias: todo el mundo tiene que hacerlas bien para que la familia pueda sobrevivir. A la hora de las comidas, antes de empezar a comer, nos damos las gracias por ayudarnos unos a otros.

Después, cuando me acostumbré a estar con Tío, quería ayudarlo también con sus tareas, pero no podía hacer ninguna de las que yo sabía. No había puerta que abrir, no había suelo que barrer, ni había gallinas a las que alimentar, ni flores o zanahorias que proteger. A veces, en las comidas, trataba de agradecerle a él por su trabajo, pero pretendía que no me oía o que no entendía las palabras. Nunca me devolvió las gracias.

Al final, mi tarea consistía en ayudar a Tío cuando

medigaba. Él hubiera querido que yo lo hiciera mejor, pero no era mi padre, así que no podía decir que lo era, ni era ciego, así que tampoco podía decir que lo era. Porque la primera tarea que mi madre me enseñó fue la de ser honrada y le agradaría saber, si alguna vez me reunía con ella, que eso lo había hecho bien.

3

El hombre del hermoso sombrero

Los hombres que entraban a la iglesia se quitaban el sombrero, mientras que las mujeres se cubrían la cabeza con sus perrajes. Las mujeres y los niños nos echaban una ojeada y apartaban la vista. Los hombres, sin embargo, nos escudriñaban, intentando averiguar si Tío era realmente ciego. Muchos echaban dinero en nuestro cuenco, monedas de diez centavos o una choca, veinticinco centavos. A veces, incluso, billetes de un quetzal.

Si echaban una moneda y Tío la oía caer, decía "que Dios se lo pague". Pero si alguien dejaba caer un billete, no decía nada, porque no podía oírlo y fingía que no lo veía.

Entonces era yo la que tenía que decir gracias; las daba como Tío me había enseñado, con una voz baja y triste.

Los últimos resplandores del crepúsculo desaparecieron; se encendieron los faroles de la calle.

De la iglesia salía una voz que hablaba una lengua que yo no podía entender; los fieles que llegaban tarde pasaban apresuradamente frente a nosotros.

Era una noche como casi todas las noches con Tío; nunca cambiaban.

Una brisa momentánea trajo hasta mí el aroma de las papas fritas. Tenía la boca tan seca que casi no podía tragar y sin embargo las deseé con toda mi alma. Salvo por el pedazo de pan que había comido junto al manantial, no había comido nada desde el desayuno.

Odié mi estómago: deseé que no hubiera cosas tales como comida ni cuerpos que la anhelaran.

Una niña cristiana me habló una vez del paraíso cristiano; en él, si lo que me contó es cierto, nunca sufrías hambre. Dijo que cuando yo muriera y dejara la Tierra, mi cuerpo quedaría detrás, pero después me reuniría con él y, entre tanto, Dios lo habría compuesto. Me diría: "He hecho esta morada de carne para ti, entra".

Y sería un cuerpo perfecto que no necesitaría comida. Sintiéndome estupendamente en ese cuerpo nuevo, me sentaría en una nube sobre un cojín de oro mirando a la Tierra desde lo alto.

Tendría un arpa, me había dicho la niña cristiana. Yo no sé tocar el arpa, pero la niña me contó que, en el cielo, aprendes a tocar cuando llegas y que en los primeros tiempos basta con sostenerla.

Sentada en el último escalón de aquella iglesia, me imaginé en mi cuerpo perfecto entre las nubes más altas, tan arriba que una persona de la Tierra no me parecería más grande que un grano de polvo. Me vi contemplando desde arriba todas aquellas diminutas personas con mis ojos perfectos, perdonándolas a todas y cada una por no haberse ocupado de mí.

Tío se sentaba a mi lado tan inmóvil como si estuviera tallado en piedra. No había forma de saber lo que pensaba; no decía nada. Ni siquiera se rascaba si le picaba algo.

Un niño que mendiga puede moverse un poquito, pero si el que mendiga es un hombre y se mueve, estropea la impresión. Eso, al menos, es lo que Tío siempre decía.

El aire se hizo más fresco y cobró la quietud característica que precede a la lluvia; por el rabillo del ojo podía ver al cocinero que freía las papas, y oía cómo chisporroteaban cada vez que dejaba caer un puñado en el aceite hirviendo. Su olor me entraba por la nariz y formaba una nube de hambre en mi cerebro.

Las lágrimas me corrían por las mejillas; apreté muy fuerte los ojos para detenerlas, pero no se detuvieron.

Unos dedos me acariciaron la barbilla y luego se apartaron.

Abrí los ojos y vi a un hombre de pie ante mí, un ladino de piel clara y pelo castaño. Llevaba una suave chaqueta de lana de un pueblo kaqchikel y un hermoso sombrero muy distinto al viejo y deteriorado sombrero de paja con que se cubría Tío: era un sombrero aterciopelado que brillaba tan suavemente como el ala de una paloma de la montaña.

—¿Por qué lloras? —preguntó.

No le contesté. No tenía las palabras para explicárselo, y la extraña criatura que se anudaba en mi garganta y se quedaba en ella estaba preparada para impedirlo si intentaba hablar.

Su mirada era radiante, dulce, como si supiera la razón por la que yo lloraba y sintiera pena de mí.

—¿Cómo te llamas? —dijo.

Yo no podía decirle "Rosa"; no sin tartamudear.

—Tzunún —contesté. La palabra salió a la primera. Pero lo dije en voz baja para que Tío no lo oyera. Tío se ponía furioso si yo decía que me llamaba Tzunún. El ladino sonrió y dijo:

—Qué bien tener el nombre de la criatura más hermosa que Dios ha hecho, la criatura que no hace daño a nadie.

Dicho esto rebuscó en el bolsillo de su pantalón y puso en mi mano un billete de cien quetzales absolutamente nuevo. No estaba sucio como la mayoría de los billetes: nunca lo habían doblado ni lo habían arrugado, ni siquiera una vez.

—Para ti —dijo—, no para el cuenco.

Podía sentir a Tío junto a mí vigilando, escuchando. Se mantuvo inexpresivo, en calma, quieto. Solamente parpadeó una vez.

—*Matiox* —le dije al ladino. *Gracias*, en kaqchikel. Pensé que hablaba kaqchikel por su chaqueta.

Me sonrió; las comisuras de sus ojos se llenaron de finas arrugas.

—*Kirik a* —me respondió. Eso también era kaqchikel. Significa "te veré otra vez". Y añadió en español:

—Y si no tengo esa suerte te deseo lo mejor.

Se quitó su hermoso sombrero y entró en la iglesia apresuradamente.

Froté el billete de cien quetzales con las yemas de los dedos, para sentir su limpieza nada más. Sus tonos blancos y marrones brillaron a la luz de la farola.

Enrollé el billete para que no se arrugara y lo puse en el pequeño monedero de tela que llevaba colgado del cuello con un cordón. Ahí estaría seguro; nadie adivinaría que lo tenía. Lo guardaría escondido bajo mi huipil.

Un canto de triunfo y alegría salió de la iglesia. Afuera, el nuboso cielo se desprendió de las primeras gotas de lluvia. La gente que aún comía en los puestos se refugió bajo sus techos de nylon negro. Tío recogió las monedas y los pequeños billetes del pequeño cuenco gris y se los guardó en el bolsillo. Introdujo el recipiente en la maleta y sacó de ella las grandes capas de nylon azul que nos servían para protegernos de los aguaceros.

Nos envolvimos en ellas.

Tío sacó una mano de debajo de su capa y dijo:

—Dame los cien.

—Ti-Tío…, el señor dijo que eran para mí.

Levanté el rostro hacia Tío; las gotas de lluvia caían por mis mejillas.

Me miró desde arriba, furioso.

—Cuando algo sea tuyo, yo te lo diré.

—Pero el se-se-señor dijo que eran para mí.

Tío meneó la cabeza y dijo:

—Es una oveja. No tiene ni idea. Lo que dijo no significa nada.

Encogí los hombros: quería convertirme en una bola y desaparecer, pero no cedí.

—¡Ti-ti-Tío! ¡Me lo dio a mí! Es mío.

—¡Olvida lo que dijo! —gritó Tío.

Ciñó más la capa de plástico, y agarró su bastón y la maleta.

—¿Quieres ir por tu cuenta? ¿Crees que puedes cuidarte? ¡Entonces vete!

Y me dio la espalda.

Tiré de mi pequeño monedero, lo abrí y saqué el billete. Tío había empezado a andar, tanteando la tierra húmeda con su bastón sin mirar atrás ni una sola vez.

Corrí tras él entre la lluvia que caía a cántaros, gritando:

—¡Ti-ti-Tío! ¡Tómelo!

Tío se detuvo, agarró el billete y lo metió en su vieja cartera negra de piel de serpiente.

—Gracias —dijo sonriendo. A la luz de las farolas sus dientes lanzaban destellos amarillos; había huecos negros correspondientes a los que había perdido. Me tendió un extremo del bastón y me preguntó:

—¿Tienes hambre?

No contesté nada.

Nos refugiamos bajo el techo de un puesto de comida, hecho de una hoja de plástico verde.

Pidió por los dos. Agua de Jamaica, hecha de pétalos hervidos; elotes con mayonesa y *ketchup*; sándwiches de carne y tortilla, y para mí una bolsa entera de papas fritas con salsa verde picante.

Comí con los dedos húmedos y fríos, escuchando la lluvia, y pensando en el hombre del hermoso sombrero: su caricia había sido tan suave y su voz tan amable. Su recuerdo era como una flor que se marchita.

Otras veces me había encontrado con personas bellas y nunca las había visto de nuevo. El hombre del hermoso sombrero iba a ser otra más.

Tío se enjugó los labios con el dorso de la mano y señaló al otro lado de la calle. Lo conduje hasta una panadería a través de la lluvia. Tío sacudió su lámina de plástico para quitarle el agua. Detrás del mostrador había vitrinas que guardaban diferentes clases de pan. La lluvia golpeaba sobre el tejado de hojalata de la panadería, y Tío gritó para hacerse oír.

—¿Qué es lo que quieres, Rosa, un cisne? ¿Tienen cisnes?

Sabía que eran mis favoritos, panecillos de color dorado con la forma de cisnes, con cabezas redondas y largos y gráciles cuellos.

—Sí, Tío.

—Dos —dijo Tío.

—¿Para comer aquí o para llevar? —respondió la mujer.

—Para comer aquí —dijo Tío.

La mujer nos dio un panecillo a cada uno y Tío pagó.

—Gracias, Tío —dije. Me comí el mío con los mordiscos más pequeños posibles, empezando por detrás, porque siempre me entristecía ver al cisne sin cabeza.

Lo primero que hizo Tío fue arrancarle la cabeza al suyo de un mordisco y comérsela.

Así le gustaba hacerlo, siempre.

4

De mañana en Nebaj

Tío y yo nos acurrucamos en nuestras mantas bajo un pórtico de la cara sur de la iglesia. Me quedé mirando la lluvia que se escurría por las oscuras ramas de los cipreses y bailaba sobre los relucientes adoquines negros de la calle.

Cuando por fin me dormí, soñé con el hombre del hermoso sombrero. Tío y él estaban en la panadería, hablando; yo escuchaba.

—Eres un mendigo —le decía a Tío el hombre del hermoso sombrero—, pero la niña no.

No entendí por qué decía eso. Un mendigo es alguien que mendiga, quería decirle, pero en el sueño no podía hablar.

—Ella es como yo —contestaba Tío—. La tengo conmigo porque me debe un gran tesoro. ¡Ocho años hace que espero!

Durante años había sabido que él esperaba un tesoro de mí. Y yo se lo habría dado si hubiera sabido dónde encontrarlo. El hombre del hermoso sombrero dijo frunciendo el ceño:

—¡No te debe nada!

Rogué que Tío no le creyera: si a Tío le daba por pensar que yo no le debía ningún tesoro, podría abandonarme.

—¡Rosa me va a guiar hasta riquezas que usted ni siquiera imagina! —se jactó Tío.

—¿Crees que van a hacerte feliz? No será así —respondió el ladino.

Eso me sorprendió: siempre había creído que si pudiera encontrar el tesoro, Tío sería feliz y yo también.

Quise preguntarle al forastero por qué el tesoro no iba hacer feliz a Tío. Hice un esfuerzo tan grande por hablar, que me desperté. Entonces la luz del sol penetró, dorada, en mi cabeza, lamiendo mi sueño hasta que se disolvió.

Tío doblaba sus mantas mientras silbaba fragmentos de una canción sobre un hombre que vivía como una piedra del camino, aprendiendo a ser duro, sin hacer otra cosa que rodar y rodar. Después de unos momentos, el verso "rodar y rodar" se convirtió en todo lo que silbaba.

No me gustaba mucho, pero supongo que a él sí.

Lo ayudé a cerrar la maleta y nos pusimos en camino hacia el centro del pueblo; yo iba delante guiando. Mucha gente había visto a Tío de ciego la noche pasada, así que tenía que seguir ciego.

Olimos jabón y vimos una gran pila pública, el lugar

donde las mujeres que no tienen agua corriente en casa se reúnen para lavar la ropa de la familia.

La pila era de cemento y tenía un profundo depósito de agua como una piscina en el centro y lavaderos individuales a su alrededor. Las mujeres restregaban las prendas con brillantes bolas anaranjadas de jabón de lavar.

Nos dieron permiso para usar un lavadero desocupado en el que lavarnos la cara y las manos. Saqué nuestra pastilla de jabón anaranjada de la maleta y una de las mujeres vertió agua para nosotros. Después de que nos aseamos, nos dijo cómo llegar al mercado central.

En el mercado se vendía de todo lo que uno se pudiera imaginar. La mercancía estaba expuesta en largas mesas o en el suelo. Sillas de madera hechas a mano, montones de azadones y martillos y cualquier otro tipo de herramienta imaginable, sandalias de plástico, cubiertos, platos, anteojos oscuros, cintas de música, relojes, pasta de dientes... había también flores en cubos de agua, frutas, verduras y piezas de carne roja colgadas de ganchos de acero, así como plantas secas para curar cualquier enfermedad.

Un mercado es el lugar más barato para comer, y lo que Tío quería era un sitio para desayunar. Cuando pasamos junto al que él prefería, movió el bastón un poco y nos acercamos a una gran mesa y un banco donde estaban sentados dos hombres y una mujer. Al otro lado de la mesa la cocinera atendía a los clientes mientras cocinaba en un fuego de carbón que ardía en el suelo.

Tío me dio el bastón y se deslizó en el banco, saludando

a todo el mundo con un sonoro "buenos días". Fingió no ver unas plantas que crecían en recipientes de leche en polvo, y que estaban a la venta en ese extremo de la mesa; casi las echa por tierra.

La cocinera apartó las plantas un poco y dijo:

—Venga, señor, sin problema.

El joven que se sentaba junto a Tío llevó la mano de éste hasta las plantas para que pudiera tocarlas y no tropezara con ellas de nuevo. Tío le dio las gracias.

Empujé nuestra maleta debajo de la mesa, donde nadie la pudiera robar. No había sitio para mí en el banco, así que me quedé de pie en el extremo de la mesa. Las picudas hojas de las plantas me hacían cosquillas en los brazos. Una mujer con dos canastas de compra y un hombre con una carretilla llena de filetes crudos y verduras, se abrieron paso por el pequeño espacio que había detrás de mí.

La cocinera retiraba los platos sucios de la mesa y los depositaba en un cubo de agua jabonosa que tenía en el suelo.

Miré las ollas de la parrilla y le dije a Tío lo que se servía. Pidió tortillas con salsa picante y café con mucha azúcar para mí, y lo mismo para él, más un plato de sopa de frijoles negros.

La mujer y los dos hombres que se sentaban cerca de Tío lo miraron y comentaron algo en ixil, no sé qué, pero pensé que lo que decían no era precisamente elogioso para él.

Tío se tomó casi toda la sopa y me ofreció el resto. La cocinera echó unos cuantos frijoles más en el plato y me alcanzó una cuchara limpia.

—Su niña se ve muy delgada —le dijo la cocinera a Tío—, pero claro que usted no se da cuenta.

—Siempre ha sido delgaducha —contestó Tío alegremente—; como un pajarito.

Masticó una tortilla y tragó; entonces levantó la frente y dijo en voz alta:

—Tengo una pregunta. ¿Hay alguien aquí que pueda responder a una pregunta?

Bien podría haber estado anunciando un importante concurso a una vasta multitud. Parecía como si no supiera que había sólo tres personas sentadas con él. Nadie contestó. Quizá creyeron que era alguna clase de predicador, hablando de ese modo y en voz alta. Quizá les preguntara si creían en Jesús y si por creer en él se consideraban erróneamente sin pecado. O puede que preguntara si alguien podría prestarle dinero debido a una emergencia personal. Tío bajó la voz un poco y, de un modo menos impresionante, añadió:

—Quiero que alguien me recomiende a un adivino, eso es todo.

Yo nunca había conocido a ningún adivino, pero había oído hablar de ellos. Algunos tenían poderes mágicos, y si uno decía algo malo de ellos podía recaer sobre uno. Todos seguían el antiguo calendario maya, que los cristianos habían intentado abolir. Ese calendario es importante porque alguna gente cree que guarda los secretos de nuestras vidas.

Gracias al antiguo calendario, los adivinos sabían exactamente cuándo llevar a la gente a los santuarios de las montañas para que orasen y dejasen ofrendas para los espíritus de la tierra. Ofrendas como azúcar, ron o tal vez una gallina desplumada.

En realidad, el espíritu no sale de la colina para comerse la gallina (los espíritus se alimentan de magia), pero sabe que una persona se ha tomado la molestia de hacer el sacrificio, en señal de respeto, y eso es lo que cuenta.

Aunque Tío había bajado la voz, la gente no le contestó de inmediato, puede que porque no se fiaran de él, o puede que fuera a causa de la guerra, la gran guerra que tuvo lugar aquí en Guatemala, antes de que yo naciera. En aquella época, muchas personas que habían hecho algún comentario inapropiado frente a una persona desconocida, habían muerto. En muchos lugares la gente todavía no se atreve a hablar con forasteros.

—¿Nadie va a contestarme? —preguntó Tío con voz débil y quejumbrosa.

Los comensales se miraron unos a otros; estaba claro que se sentían un poco avergonzados de no ayudar a un ciego.

El joven que se sentaba junto a Tío dijo entonces:

—Jerónimo Sic podría realizar una ceremonia para ti.

En el otro extremo del banco, un hombre de más edad, muy delgado, hizo una mueca. Se dio la vuelta para ver si alguien escuchaba y permaneció en silencio, pero me di cuenta por su rostro que no respetaba a Jerónimo Sic.

—Jerónimo es cabal —insistió el joven.

El hombre mayor tenía un aspecto lúgubre, como si supiera que iba a decir lo que pensaba, simplemente porque no podía contenerse.

—Jerónimo es un come gallinas.

—¡De eso nada, hermano! —replicó el joven—: el verdadero come gallinas es Martín Chai.

La mujer que estaba entre ellos meneó la cabeza, lo que hizo oscilar las borlas rojas de la cinta tejida de su pelo.

—¡Mi primo Martín sabe mucho! —dijo.

—Incluso si es así —respondió el joven—, nunca ha tenido una visión ni un sueño y, por mucho que sepa, sigue siendo un comegallinas.

Eso es lo peor que se le puede llamar a un adivino. Un comegallinas hace que el cliente vaya al santuario para ofrecer una gallina, y luego volverá, robará la gallina y la asará en su casa para la cena, sin importarle un ápice los espíritus de la colina.

Los comensales se habían olvidado completamente de que Tío y yo éramos forasteros. La discusión se habría prolongado un buen rato si la cocinera no hubiera interrumpido.

—Olvídese de Jerónimo y de Martín —le dijo a Tío, enjugándose las manos en su delantal—. Señor, debe usted acudir a Celestina Tuc. Soy cristiana y sin embargo voy a verla. Es una mujer muy buena y Dios habla con ella.

—Es verdad que Celestina es buena —dijo la mujer—. Jamás he oído que nadie diga algo malo de ella. Algunos afirman que puede cambiar el futuro.

—Tal vez —dijo el hombre de aspecto lúgubre—, pero nunca hará alarde de ello. No es como los que presumen de proezas mágicas que jamás han realizado.

—Todo lo que quiero es saber el futuro, pura y simplemente —dijo Tío—. Si me lo puede decir, seré feliz.

Dicho esto le pagó el desayuno a la cocinera, tocando cada moneda con los dedos como si fuera su único modo de conocer cuánto valían y preguntó el modo de llegar a la casa de Celestina Tuc.

Nos adentramos en un estrecho sendero entre setos de hibisco, los brillantes pétalos rojos de sus flores plegados como alas de mariposa. Tío caminaba deprisa llevando su bastón sobre el hombro, sin fingir en absoluto ser ciego. En el centro del sendero había niños en cuclillas junto a los charcos, jugando con diminutos barcos hechos de tuzas de maíz. Detrás de los setos podían verse gallinas que iban de un lado para otro en los patios de tierra; Tío las miraba de reojo.

Él, a su modo, era también un comegallinas, pero en su caso las agarraba vivas. Si salíamos de un pueblo y una gallina se nos cruzaba en el camino, y nadie nos veía, le retorcía el pescuezo y la metía en la red de pita.

Cuando era niña, le creía cuando me explicaba que las gallinas que atrapaba eran silvestres; las únicas gallinas silvestres de Guatemala.

Tío pasó de largo, contentándose con mirarlas. Sabía que no podía presentarse en casa de una adivina con el cuerpo, todavía tibio, de la gallina de un vecino en una bolsa.

Llegamos a una puerta de madera pintada de azul oscuro. Tras ella vimos grandes macetas que contenían begonias rosadas. El sendero de entrada estaba cubierto por un enrejado donde se enroscaban esas enredaderas de flores anaranjadas y doradas que la gente llama collares de la reina.

Tío tiró de la cuerda de la campana que colgaba junto a la puerta y dentro, a lo lejos, oímos un tintineo.

Tío puso aspecto honrado como quien se pone un traje y escudriñó la casa para ver quién venía.

Yo no. Las pitonisas y los nigromantes y cualquiera que trabaje con magia me da miedo. Había oído hablar de los adivinos, pero no quería conocer a ninguno.

—Cuando ella llegue, me quedo afuera. Te esperaré —le dije a Tío.

Pensé que le parecería bien, pero no: esta vez me quería con él.

5

El bastón y la princesa

Muchas veces, cuando Tío no pedía limosna, no me quería cerca. Me daba un puñado de sencillo para que pudiera comer y desaparecía durante un día o dos, para beber y tratar de ganar a las cartas, buscarse novias, ver qué le traía la suerte o que le pronosticaran el futuro.

No era un gran bebedor, porque no tenía el dinero para ello, tenía que dejar de jugar a las cartas, porque después de un tiempo perdía; y las amigas no le duraban porque también las perdía. Todas terminaban por querer saber en qué trabajaba y cuando lo averiguaban no les gustaba nada.

Lo único en lo que realmente perseveraba era en buscar su suerte. Eso era lo más importante, lo único que nunca abandonaba. Y yo era el motivo.

Cuando me encontró, yo estaba muy triste y lloraba todo

el día, así que me llevó a un cuarto oscurecido por unas cortinas para que pudiera dormir.

Me preguntó que cuántos años tenía y yo le dije que cuatro. Él, sorprendido, comentó:

—Eres pequeña para tu edad.

Entonces me preguntó mi nombre.

—Tzunún Chumil, Colibrí Estrella.

Por si no sabía que "Tzunún" significa Colibrí se lo dije así, en español.

Él sonrió y comentó que Tzunún era muy difícil de decir y también Colibrí. A partir de ahora me llamaría Rosa.

Dijo que él tenía muchos nombres, así que era mejor que lo llamara "Tío".

—Dilo —exigió—. Di 'Tío'.

Miré a la ventana: la cortina debió de haber sido blanca alguna vez, pero ahora estaba gris a causa del tiempo y el hollín. A su alrededor, la luz del sol luchaba por ganar terreno.

Recuerdo ese día muy bien, porque fue cuando empezaron los problemas con mi voz. Quería repetir lo que él había dicho, pero no pude.

—Dilo. Di 'Tío'.

Yo tenía un tío, pero no era él.

—Dilo. Di 'Tío', y te daré una galletita.

Él sonrió, pero sólo con los dientes. Me enseñó la galletita y dijo:

—Fíjate qué grande es.

—Quiero a mi mamá.

—Tu mamá te perdió. Tu mamá no te quería. Di 'Tío'.

Yo no podía decirlo.

—No puedo esperar por ti todo el día —dijo.

Puso la galletita encima de un ropero y salió. No sé cuánto tiempo pasó antes de que volviera, excepto que era casi de noche y la luz del sol no penetraba la cortina. Abrió la puerta y prendió una luz. Me sonrió y tomó la galleta. Yo tenía la boca seca: tragué y tragué y volví a tragar.

Tenía algo en la boca que no era parte de mí, pero aunque trataba por todos los medios de tocarlo con la lengua, no podía encontrarlo. No importaba las veces que tragara, seguía allí.

—Agua también —dijo—. Podrás beber agua. Di 'Tío' no más.

—T-t-t-Tío —dije por fin.

Desde ese momento siempre pude decir Tío. Pero nunca sabía cuándo ocurriría, cuándo ese algo que no era yo se me atravesaría en la garganta, ahogándome.

Al día siguiente me trajo una muñeca y dejó la cortina abierta más tiempo.

Unos días después, dijo que quería que yo estuviera contenta, así que me llevó a una feria.

Nunca antes había visto una feria. Había copos de algodón de azúcar rosado montados en palitos. Había gigantes en zancos, de pelo morado y sombreros de pico y sonrisas pintadas, rojas como sangre.

Había grandes máquinas con brazos y manos de acero

que rodeaban a la gente y la levantaban del suelo. Subían y subían en el aire dando vueltas, riendo y gritando y agarrándose fuerte a las manos de hierro. Yo me agarraba a la mano de Tío. Me agarraba muy fuerte.

Atravesamos una cortina y entramos en un pequeño tenderete. Estaba adornado con espejos en forma de diamante con marcos dorados y había muchas velas negras prendidas. Una señora iba a decirnos algo importante.

Tío le dijo una palabra que yo no entendí: *adopción*. La señora, con el ceño fruncido, respondió:

—No me ocupo de eso. No sé nada de esas cosas. ¿Quién lo ha enviado?

Tío dijo que alguien se lo había dicho. Ella respondió:

—Y usted quiere sus treinta monedas de plata, ¿no?

—Es por el bien de la niña —dijo Tío.

La señora me preguntó mi nombre.

—Tzunún Chumil. 'Tzunún' significa 'Colibrí'.

—¡Vaya, sabes mucho! —contestó la señora y me sonrió, pero brevemente.

—¿Sabes dónde vives, Tzunún?

—Sí —respondí.

Me sonrió de nuevo y volvió a preguntarme:

—¿Y dónde vives, Tzunún?

—Vivo en San —contesté.

—¿Ése es tu pueblo?

—Sí.

—Pero San no es un nombre completo —observó la señora—: ¿San Diego? ¿San Francisco? ¿San qué?

Yo sabía que era algo más que "San", pero no podía acordarme del resto.

—Vaya, pues es una lástima —siguió la señora—. Lamento mucho que no puedas recordar el resto.

La señora le dijo entonces a Tío, siseando como una serpiente:

—¡Simplón! Los forasteros quieren bebés, es demasiado mayor, demasiado mayor.

Yo no sabía de lo que hablaba la señora o lo que significaba "simplón". Tío respondió, encogiéndose de hombros:

—¿Y qué debo hacer?

—Eso es su problema, no el mío —respondió la señora—. Puede comenzar por consultar las cartas. Son sólo dos quetzales.

Tío estuvo de acuerdo.

La señora sacó un mazo de cartas que extendió sobre la mesa. Algunas eran muy bonitas; otras no. Una mostraba una princesa de cabellos negros con las manos llenas de brillantes joyas amarillas, tantas que caían en todas direcciones.

Otra carta mostraba un enorme bastón nudoso, cuajado de espinas.

La señora miró todas las cartas, moviéndolas de un lado a otro. La carta de la princesa terminaba siempre encima de la carta con el bastón.

—Nunca he visto cosa igual —le dijo a Tío—. Su fortuna y la de ella están entrelazadas. Lo que le ocurra a una vida depende de lo que le ocurra a la otra.

Y, señalando con un dedo ensortijado el bastón con espinas, añadió:

—Ésta es la suerte del pobre —dijo—. Pero encima de esto...

Levantó la carta con la princesa de cabellos negros y las joyas.

—Aquí está la niña —dijo—, pero claro, un poco mayor de lo que es ahora. Las cartas dicen que te hará rico; pero debes ser bueno con ella.

Después de aquel encuentro con la señora, Tío fue muy bueno conmigo durante mucho tiempo. Me daba de comer y, cuando mis pies crecieron, me compró sandalias de plástico nuevas. Cuando la ropa que mi mamá me había hecho me quedó pequeña, y yo lloraba porque no me la podía poner, me compró ropa nueva.

Cuando salía a pedir limosna, yo me sentaba con él. La gente pensaba que era un viudo ciego que se ocupaba de su hija, y a veces se lo decían. La gente le daba monedas por mí, pero nunca lo hice rico.

Cuando ganaba a las cartas o conseguía algún dinero extra, lo gastaba en mejorar su suerte. Hablaba con sacerdotes mayas o practicantes de magia negra. Pagaba sacrificios de ron y velas negras hechas con grasa de cerdo al santo maldito, San Judas Simón, que vendió a Jesucristo por treinta monedas de plata. Hacía sacrificios puros de gallinas y velas verdes de cera de abeja, al Ahau, el Señor Dios de los Mayas.

Los sacerdotes y los practicantes de magia negra le decían que sí, que iba a ser rico, pero que tenía que esperar un poco más.

Él preguntaba que cuándo, y ellos respondían:

—El Ahau nunca tiene prisa —o quizá—: el tiempo de Dios no es igual que el del hombre.

Una noche estábamos entre pueblos, acampados en una pradera bajo las estrellas. Yo tenía entonces unos diez años. Tío bebía ron y hablaba mucho: me contaba todos los sacrificios que había hecho para conseguir las riquezas que se suponía que yo iba a proporcionarle. Me preguntó si yo veía oro o plata en mis sueños o si me atraía algún lugar especial, porque podíamos visitarlo. Yo respondí que no.

Tío gruñó y se agarró la cabeza con las manos. Levantó la vista hacia las estrellas y preguntó a Ahau y a los santos buenos y malos por qué me mantenía a su lado.

No respondieron.

Pero no me abandonó: igual que la lucha que libraba su sangre, el tesoro lo había hecho prisionero. No creía completamente en él, pero no podía librarse de la esperanza. Probablemente por eso me mantenía a su lado.

Puede que también porque no resistía estar solo.

6

La adivina

La mujer que nos abrió la puerta era esbelta, de rostro hermoso y altivo. Me recordó las montañas por su inmovilidad, por su autosuficiencia y por su forma de mirar.

Tío se inclinó un poco ante ella y dijo:

—Buenos días. ¿Es usted la señora Celestina Tuc?

—Sí, yo soy —respondió la mujer. Sus ojos se fijaron en Tío, en su bastón, en la estropeada maleta y en mí, y añadió:

—Lleva usted un gran peso. Debe de haber recorrido un largo camino.

—Sí, así es —respondió Tío.

—¿Y por qué?

—Me han dicho que las adivinas de Nebaj son las más sabias —contestó Tío.

—Gracias —dijo la señora Tuc.

—Me gustaría conocer mi futuro —dijo Tío.

—Todo el mundo quiere conocer su futuro —respondió la señora Tuc sonriendo—. Al menos, creen que quieren conocerlo. Pero todo tiene un precio.

Tío se encogió un poco y preguntó:

—¿Cuánto cobra usted? Tengo muy poco dinero.

—No hablo de dinero —contestó la señora Tuc—. El conocimiento tiene otro tipo de precio. Y, de una forma u otra, el universo nos lo reclamará. En lo que concierne a *mi* precio, le ayudaré encantada. Págueme lo que pueda.

—Gracias, señora —dijo Tío. Y sonrió, feliz porque no le hubiera pedido mucho. Me imaginé que no le preocupaba en absoluto tener que pagar al universo. Como estábamos siempre de acá para allá, no veía cómo el universo iba a seguirnos para pasarnos la cuenta.

—No me cree lo que digo del universo —replicó la señora Tuc—. Pero, señor, ya verá, un día el universo se lo cobrará.

Nos franqueó la puerta. La seguimos bajo las flores anaranjadas y doradas, entramos en la casa y llegamos a una gran habitación desnuda. Tío dejó en el suelo el bastón y la maleta.

El suelo de la habitación estaba hecho de pequeños azulejos pintados que formaban un mosaico de verdes maizales y cielo azul. En ese cielo, en un círculo, se veían el sol, la luna, los planetas y las estrellas. Cerca de una pared blanca había dos sillas y una pequeña mesa, sobre la que descansaban un grueso libro y una bolsa de tela bordada en rojo y amarillo.

La señora Tuc nos indicó con un gesto un largo banco apoyado contra la pared. Nos sentamos en él, bajo una ventana. Tío se quitó el viejo sombrero de paja y se lo colocó en el regazo, doblando el ala arriba y abajo.

La señora Tuc le preguntó si sabía algo de las antiguas tradiciones.

—No mucho —contestó él.

Ella sacó de su huipil unos anteojos para leer y se los puso. Acercó el libro grueso a Tío para que lo pudiera ver más de cerca. Tenía páginas y páginas llenas de letras, colocadas en compactas columnas negras.

—En este libro se habla de uno de los antiguos calendarios —dijo la señora Tuc—, el que tiene veinte meses de trece días. Se ha conservado durante miles de años.

—He oído hablar de él —dijo Tío—, pero no sé qué significa.

—Cada mes tiene un carácter especial, un carácter que se transmite a las personas que nacen en él. Y cada día, del uno al trece, ejerce también su influencia.

La señora Tuc hojeó unas cuantas páginas, pasando el dedo por columnas de números.

—El libro muestra la correlación entre las fechas del calendario cristiano y las del antiguo calendario —comentó.

Tío miró el libro fijamente, moviendo los labios y esforzándose por leer.

—No creo que le sirva de mucho leerlo —dijo la señora Tuc—. Sólo da las correlaciones, no el significado.

—Lo importante son los días —prosiguió—. Los días tienen un gran poder. Forman parte de la semilla de la que brota una nueva vida. Dan forma a la vida. Una persona siempre poseerá el carácter de los días de su concepción y de su nacimiento.

Tío chasqueó la lengua contra los dientes y dijo:

—He oído decir que ciertos días traen suerte a algunas personas. Quizá yo sea una de ellas.

—Así lo espero, por su bien —dijo la adivina.

Tío sonrió. Apartó los ojos de la señora Tuc y los bajó hasta el mosaico de milpas y estrellas. La luz que entraba por la ventana rebotó en la zona calva de su cabeza.

De repente, la señora Tuc se puso tensa y dijo:

—A usted yo lo he visto antes —dijo.

—Es imposible —dijo Tío.

—Sí, durante los años de la guerra —insistió la señora Tuc—. Era mucho más joven, pero ya estaba perdiendo el pelo.

Tío se aferró con fuerza a las rodilleras remendadas de sus pantalones y respondió:

—No, señora, nunca estuve aquí antes.

—No aquí, pero sí cerca. ¡Lo vi! Era un soldado que viajaba en un camión del ejército con otros soldados. Había sangre en sus ropas; venían de la plantación La Hortensia. Me fijé en usted porque era muy joven, pero ya tenía esa pequeña zona calva en la cabeza.

—No conozco la plantación La Hortensia —dijo Tío.

La señora Tuc se quedó pensativa, se encogió de hombros y añadió:

—Bueno, fue hace mucho tiempo. Vi a un joven que se parecía mucho a usted, pero fue sólo un instante. Quizá no era usted.

—No era yo, señora, créame —dijo Tío.

—Me alegra oírlo —contestó ella, sentándose de nuevo a la mesa—. Pero vamos a ver, ¿qué es lo que desea?

—He venido a averiguar si va a ocurrir cierta cosa. Y si es que va a ocurrir, cuándo va a ocurrir.

—Antes de que pueda decírselo, tengo que saber su nombre.

Tío descruzó las piernas, apoyó los pies en el suelo arrastrando los zapatos contra los azulejos, y respondió:

—Lucas Dardón.

Cuando tenía que usar un nombre, era uno de los que utilizaba.

—Si me da información falsa, yo le daré información falsa —dijo ella secamente.

No entendí cómo ella había adivinado que mentía.

Ella se sentó con el lado izquierdo del rostro en la sombra, y con el lado derecho bañado por la luz de la ventana. Una red de arrugas entrecruzadas como si fueran rayos zigzagueaba en el lado iluminado de la cara. El lado en sombra parecía sólo esperar y mirar y saber.

Tío puso su mejor expresión de buena persona, sin dejar ni un resquicio que revelara lo contrario.

—En realidad mi nombre es Baltasar Om.

Nunca le había oído dar ese nombre antes. Quizá fuera el verdadero.

La adivina asintió. Sus ojos no se detuvieron en su limpia camisa blanca, en sus pesados zapatos negros o en su invisible capa de espesa bondad. Sus ojos se movían por su contorno, de la misma forma que una persona mira alrededor de una araña para ver el tamaño total de su tela. Como si, debajo de la capa de bondad de Tío, buscara algo.

—Y ¿cuál es el nombre de la niña?

—Rosa García. Es mi sobrina y yo cuido de ella.

—No es su sobrina —dijo la señora Tuc—. ¡Y no sé cuál es su nombre, pero no se llama así!

—Es el nombre que usa —contestó Tío—. Es como una sobrina para mí. Yo la cuido.

La señora Tuc me miró. Noté esa cosa rara en la garganta, como si me ahogara. Me pregunté si acaso era un demonio, y si la adivina podía hacerlo desaparecer. O si quizá no había forma de eliminarlo.

Con la mirada le rogué que no me preguntara nada que pudiera hacer enojar a Tío.

—No te preocupes, m'hija —dijo.

"Hija mía", estaba diciendo. Las personas extrañas que son amables llaman a los niños *mi hijita* o *mi hijito* como si los incluyeran en su familia, como si todos los seres humanos fueran una familia. Pero casi nadie me habla así.

Me miró de la misma forma que antes había mirado a

Tío, como si sus ojos trataran de leer en el aire. Mis manos se agitaron hacia arriba, aferrando mi garganta.

—Rosa no habla mucho —dijo Tío—. Es duro para ella. Tiene un problema en la garganta.

La adivina me sonrió y me dijo:

—Te pondrás mejor, niña, no te preocupes. Y usted, Baltasar, dígame su fecha de nacimiento.

Tío se la dijo.

Nunca lo había oído decir esa fecha de nacimiento antes. Quizá fuera la verdadera. Nunca celebrábamos su cumpleaños, así que no lo sabía. Hubiera sido lindo que al menos uno de nosotros celebrara su cumpleaños.

La señora Tuc hizo señas a Tío para que se acercara a la mesa y le ofreció una silla. Movió el dedo por una página del libro.

—Como ve aquí, señor Om, su fecha de nacimiento es el 10 Imox. Siento decirle que no es un buen día. Es el día de alguien obsesionado, que todavía no está seguro de sus pensamientos, que cambia de manera de pensar constantemente. Es la fecha de nacimiento de alguien que no paga sus deudas.

Pensé que Tío diría que no era cierto, pero no lo hizo. Sólo desplazó su peso en la silla y estiró las piernas.

—No tenemos por qué avergonzarnos por las faltas con las que hemos nacido —dijo la adivina—, sino luchar contra ellas. ¿Quizá ya lo ha hecho usted?

Lo miró de hito en hito, pero Tío no dijo nada.

La señora Tuc cerró el libro y añadió:

—Con respecto a las influencias del día, veo que su trabajo es ser mesero.

Tío, disgustado, golpeó las manos contra las rodillas, descolocando el sombrero, que cayó al suelo, y contestó:

—¡De ninguna manera! ¡Jamás! ¡No seré esclavo de nadie!

—Puede que no sea un mesero en un restaurante —replicó la adivina—, pero sí atiende en la mesa de la vida. Espera a que caigan las migas. ¡Y quizás hasta un sabroso pastel! —sonrió—. Pero en cualquier caso, si quiere saber lo que va a ocurrir, puedo consultar a mis semillitas. Ellas nos dirán qué va a ocurrir; lo que usted quiere saber. ¿Le gustaría que le leyera las semillas?

Tío recogió el sombrero del suelo y dijo:

—Me gustaría. ¿Qué es lo que tengo que hacer?

—No es difícil —dijo la adivina—. Sólo concéntrese en su pregunta, Baltasar Om.

7

Las semillas

Los carnosos párpados de Tío se entrecerraron. En su frente apareció un profundo pliegue.

La señora Tuc levantó la bolsa bordada de la mesa, la besó y la cubrió con las manos. Su mirada parecía desenfocarse, atravesar la ventana, perderse en el cielo.

Desató la bolsa y la vació. Un montoncito de semillas rojo brillante, más pequeñas que granos de maíz, cayeron en la palma de su mano. Había en ellas algo alegre y amistoso, como si quisiesen hacer su trabajo. La señora Tuc se dio cuenta de que me esforzaba por ver y dijo:

—Acércate si quieres, m'hija.

Tío abrió los ojos. Yo me levanté y me quedé de pie junto a él.

—Todo lo que hay en la naturaleza está vivo, y las semillas también —explicó la señora Tuc—. Indican los días, los meses y los años relacionados con su pregunta. También los antepasados estarán presentes. Me dirán más.

Depositó las semillas en un montoncito sobre la mesa y le pidió a Tío que agarrara de un golpe todas las que pudiese.

—No calcule —le dijo—; limítese a agarrar unas cuantas.

Los ojos de Tío brillaron del mismo modo que habían brillado cuando miró las gallinas del camino. *Estaba* calculando, ideando cómo hacerse con todas las semillas de una vez. Quiso agarrar tantas que unas cuantas cayeron de su puño cerrado.

—No se preocupe, ésas no importan —dijo doña Tuc. Puso a un lado las semillas que Tío había dejado caer y le dijo que depositara en el centro de la mesa las que tenía en la mano.

La adivina dispuso las pequeñas semillas rojas en grupos de dos, en cinco filas. En el último montoncito había sólo una semilla. Estudió el conjunto de las semillas y las volvió a juntar, incluyendo las que ella había apartado. Le pidió a Tío que volviera a agarrar cuantas pudiera por segunda vez. También ésas las dispuso en filas, en cuatro filas de semillas emparejadas. Otra vez sobró una semilla, que se quedó sola. Doña Tuc estudió las semillas una vez más, las devolvió a su bolsa y besó ésta con reverencia.

Tío tenía los ojos fijos en la bolsa, esperando que la adivina hablara; sus ojos se veían grandes en las sombras de la habitación.

—Baltasar, su pregunta es si será rico o no. ¿No es así?

—Cierto —dijo Tío—. ¿Lo seré?

Su voz graznó ásperamente.

—Lo será, en verdad.

—¡Excelente! —contestó Tío.

—Pero las semillas muestran que usted tiene muchas deudas. Le debe algo a Mundo.

—Quinientos —respondió Tío.

Era verdad, yo lo sabía. Le debía quinientos quetzales a su amigo Raimundo desde hacía mucho.

La señora Tuc sacudió la cabeza y respondió:

—No es de Raimundo, su amigo, de quien hablo. Su deuda es con el Mundo, con las montañas, los animales, las plantas, el aire que llena sus pulmones, todo eso es el Mundo.

Tío, con el ceño fruncido, contestó:

—El Mundo no es Dios.

—Sólo hay un Dios —dijo doña Tuc—, pero tiene dos mil nombres.

—No he venido a hablar de religión —contestó Tío.

—Hablamos de deudas —dijo la señora Tuc—. También tiene una deuda con esta niña.

Tío me miró frunciendo el ceño. Se frotó la nariz con resentimiento y arrastró los pies por el suelo:

—¿Una deuda? ¡Pero si come gracias a mí!

—Debe usted estarle agradecido —insistió doña Celestina—. Debe tratarla bien: ella es quien le hará rico. Encontrará un tesoro para usted. Y sin embargo, usted le debe algo. Le debe un pequeño papel. Es lo que veo.

—¿Seré muy rico? —preguntó Tío. De nuevo le brillaban los ojos, que iban rápidamente de un detalle del cuarto a otro, no fuera que el tesoro estuviera por allí.

—Lo bastante rico para cualquier hombre.

—¿Es seguro?

—Las semillas y los antepasados hablan con claridad. Vivirá usted rico hasta el final de sus días.

Tío olvidó la plática acerca de sus deudas y, sonriendo sin poder evitarlo, respondió:

—Sacerdotes y magos me lo han comunicado antes. Pero nunca me han dicho cuándo encontraré el tesoro. Eso es lo que realmente quiero saber.

—Pronto —respondió la adivina.

—¿Pronto en tiempo de Dios o en tiempo del hombre?

—En tiempo del hombre. Menos de un año del antiguo calendario.

—¿Cuántos días es eso?

—Sólo doscientos sesenta.

Tío se inclinó hacia delante pasándose la lengua por los labios y dijo:

—¿Está usted segura?

—Sí —respondió la señora Tuc—. Las semillas saben cómo indicar los días y nunca mienten.

—¿Le dijeron algo más? —preguntó Tío.

La adivina dudó, juntando las manos.

—Hay un mal signo.

—¿Y cuál es? —preguntó Tío.

—Ya lo vio. Al final de las filas de semillas siempre quedaba una sola, separada.

—¿Y eso qué significa?

—Alguien va a quedarse solo. Quizá no sea usted.

—¡Qué me importa! —rió Tío—. ¿Qué me importa quién esté solo si soy rico?

Se levantó, un hombre sin preocupaciones, y se puso el sombrero.

—Gracias, señora —dijo.

Sacó la cartera y le tendió un billete.

La adivina lo puso a la luz. Pude ver que era un billete de cien, pero el papel estaba arrugado, los colores desvaídos y las cifras borrosas. La adivina sonrió a Tío, levantó las cejas y dijo:

—Gracias, señor Om. Es usted muy generoso. Que todo le vaya bien.

Pero su voz era cortante como un cuchillo. Tuve la certeza de que sus palabras significaban exactamente lo contrario de lo que decía. Eso es lo que la gente sabia hace a veces: dicen una cosa pero para adentro piden a los antepasados y al mundo y a Ahau que entiendan lo contrario.

Tío no se daba cuenta: sonreía, se disponía a marcharse y recogía su maleta y su bastón. Yo no me moví. Me percaté de que aún quedaba algo por arreglar entre ellos.

—Reciba usted lo que da, pero doble —dijo doña Tuc, su voz como una daga.

Hasta Tío se dio cuenta, tuvo que decidir si tener miedo

o no. Dejó en el suelo su maleta y su bastón y, pasándose la palma de la mano por la frente, dijo:

—Perdóneme, señora, debo haberme confundido. No quería darle ese billete. Quizá no le guste porque es viejo. Pero aunque es bueno, se lo aseguro, tengo otro con mejor aspecto.

Recogió el billete viejo de la mano de la adivina y con una inclinación de cabeza le tendió uno de cien, absolutamente nuevo, diciéndole:

—Este es el billete que quise darle, señora.

Tío nunca llevaba dinero de tan buen aspecto: tenía que ser mi billete de cien.

La adivina le dio las gracias y dejó el billete nuevo sobre la mesa, junto a la bolsa de semillas.

—Vámonos, Rosa —dijo Tío.

Recogió sus cosas de nuevo y yo retiré mi perraje del banco. La señora Tuc nos acompañó hasta la puerta y nos deseó buen viaje.

Tío estaba doblando la primera curva del camino cuando la adivina le gritó:

—¡Señor Om! Una última cosa: guárdese del agua.

Tío clavaba el bastón en el suelo, dando zancadas gigantes hacia el futuro. No se volvió.

Yo iba detrás de él, tan deprisa como podía. *¿No oyó lo que ella dijo?* Iba a preguntárselo. *¿No lo oyó?*

Lo alcancé.

Pude haber hablado. La cosa-nudo que se hinchaba a veces y me llenaba la garganta no me molestaba. Había desaparecido.

Se lo pude haber dicho.

Guárdese del agua, pude haber dicho.

Pero no lo hice.

8

Papel

De vuelta a la calle, Tío se convirtió en ciego de nuevo. Pasamos por muchas tiendas: sus fachadas mostraban, en bonitos colores, imágenes de lo que se vendía dentro, para que las personas que, como yo, no sabían leer, se enteraran.

Llegamos a un comercio decorado sólo con letras, sin ninguna imagen. Tío se detuvo detrás de mí, tirando del bastón. Quería entrar.

—Dos escalones —dije yo por si alguien escuchaba. Tanteó con el bastón en la acera y después en las gradas para verificar su altura. Me eché a un lado para que pudiera pasar primero.

Dentro, debajo de un largo mostrador de cristal había relojes, calculadoras y plumas, y toda clase de cosas que no nos servían para nada.

El empleado que estaba detrás del mostrador, un ladino, tenía manos pálidas de dedos suaves; dos de ellos acariciaban su bigotito, quizá con la intención de ayudarlo a crecer.

Tío miró ciegamente en torno suyo.

—Señor, señora —dijo—, ¿querría mostrarle algún papel a la niña?

Había mucho papel dispuesto en las estanterías detrás del empleado.

—¿Qué clase de papel? —preguntó éste—. ¿Hojas sueltas? ¿Papel de carta?

Tío, que no había pensado en lo de las diferentes clases, dijo por último:

—Un pequeño cuaderno.

El empleado sacó cinco distintos y los dispuso en el mostrador frente a mí. El más bonito tenía una tapa dura y brillante que mostraba una jungla pintada.

—Ese del tucán —dije—. Me gusta.

El empleado le dijo el precio a Tío.

—Nos lo llevamos —respondió Tío.

—¿Tal vez necesiten ustedes algún útil de escritura? —preguntó el empleado cortésmente. Pensé, sin embargo, que se burlaba de nosotros, detrás de su bigote, porque adivinaba que no poseíamos una pluma, ni siquiera un lápiz.

Tío asintió y me dijo que seleccionara un bolígrafo, y así lo hice.

El empleado preguntó entonces:

—¿Algo más?

Tío dijo que no. El empleado metió el cuaderno y el bolígrafo en una bolsa de plástico.

Puse la bolsa en mi perraje. Jamás había tenido nada con qué escribir. Ni tampoco papel. En realidad no sabía qué hacer con ellos.

Después fuimos al mercado. Tío me señaló un pequeño puesto atendido por una señora arrugadita que llevaba un parche sobre un ojo.

En el mostrador pidió dos Pepsis frías.

La viejita caminó lentamente hasta un polvoriento refrigerador blanco que tenía en una esquina, moviéndose como si el suelo quemara: cada vez que levantaba un pie parecía aliviarse un poco, pero entonces tenía que pisar de nuevo y volvía a sufrir.

Echó las Pepsis en dos bolsas de plástico y metió dos pajillas en ellas, para que nos las pudiéramos llevar y no tuviéramos que pagar el depósito de la botella. Sostuve las bolsas mientras Tío sacaba el dinero. Puso sobre el mostrador el mismo billete arrugado de cien que le había ofrecido a la adivina.

La viejita lo miró y dijo secamente:

—Tanto dinero por tan poco.

—No tengo sencillo —respondió Tío.

La viejita nos contempló ceñudamente y luego a las Pepsis, vertidas en las bolsas. No había manera de deshacer la venta y devolverlas a las botellas para venderlas de nuevo. Pasó sus encallecidos dedos por el billete y luego lo levantó hacia la luz.

Me preocupaba que se diera cuenta de que el billete era falso. Al mismo tiempo casi lo deseaba porque le dolían los pies y su vista era defectuosa, y no estaba bien engañarla. No me atreví a decírselo, sin embargo, porque si lo hubiera hecho, Tío habría dicho que era una mentirosa y una busca pleito y me hubiera dejado sin comer.

—Está bien —dijo la viejita. Rebuscó en un bolsillo cerrado por un zíper de su huipil y contó lentamente el cambio.

Posiblemente alguien recibiría de ella el billete y lo daría por bueno. Probablemente no perdiera el dinero.

Cuando era pequeña y Tío hacía cosas que no estaban bien, intentaba hablar con mi mamá en mi mente y pedirle perdón, y me imaginaba que me perdonaba y me llevaba en sus brazos. Pero había tantas cosas que no estaban bien que no podía darle los detalles. En un rincón de mi mente me limitaba a decirle "no fue idea mía", mientras Tío salía deprisa y las bolsas de Pepsi se balanceaban en mi mano.

Dimos un rodeo por los callejones para que la viejita no pudiera mandar a nadie tras de nosotros si sospechaba algo. Entramos por fin en un restaurante con cinco mesas, unas cuantas moscas y ningún cliente.

A la mesera no le gustó que entráramos bebiendo unas Pepsis que habíamos comprado en la calle, pero Tío encargó inmediatamente una gran comida de tortillas, arroz y pollo en salsa de pepián, así que no se quejó.

Tío no se molestó en fingirse ciego. Hizo a un lado el recipiente de la sal y las botellas de salsa de chile y dijo que iba a enseñarme a escribir.

Abrió mi nuevo cuaderno y dibujó unas cuantas formas que parecían bolas redondas.

Dijo que eran las vocales, y luego dibujó otro grupo que parecían palos cruzados y dijo que eran las consonantes. Me dijo el nombre de todas las letras en un cierto orden al que llamó "alfabeto" y me hizo decirlas a mí después. Le pedí que escribiera mi nombre. Escribió Rosa.

—Mi verdadero nombre —dije—. Tzunún Chumil.

Aunque me miró sorprendido, no se enojó, como lo hacía cuando era yo pequeña, y lo escribió en el cuaderno.

Colgado de la pared había un calendario cristiano con una foto de un volcán. Tío se levantó para mirarlo, volviendo sus páginas y contando lentamente 260 días. Yo me quedé sentada mirando el cuaderno y las letras de mi verdadero nombre.

Justo debajo de donde Tío lo había escrito, lo copié: Tzunún Chumil. Tzunún Chumil. Por último conseguí dibujar las letras del mismo modo que él lo había hecho. Me sentía orgullosa, pero las letras parecían extrañas y remotas, como si pertenecieran a algún otro mundo donde una niña llamada Tzunún Chumil era real.

Esa noche estuve despierta en el pórtico de la iglesia, tendida en mis mantas y pensando en muchas cosas. Me pregunté qué sería del hombre del hermoso sombrero, y qué significaba mi sueño sobre él.

Me pregunté también sobre otros misterios: cómo sabía la adivina que yo haría rico a Tío, y cómo podría yo hacer tal cosa; pensé también en cómo alguien puede tener una deuda con el mundo.

Más allá del refugio del pórtico de la iglesia, las gotas de lluvia se precipitaban al suelo y luego detenían su caída suicida volviéndose neblina. Sentí que el mundo, la Tierra, era un animal gigante de tamaño planetario; la neblina, su aliento; su cabeza, el cielo; sus garras, las montañas. Podía sentir su grandeza, pero también su liviandad: cómo descansaba después de la lluvia, como si se librara de todas sus cargas.

9

Visito a la adivina

Tío estaba aún dormido, entre las mantas revueltas, con un brazo sobre la maleta. Era aún temprano y no había nadie ni en la iglesia ni en la plaza.

Me senté en mis mantas contemplando a Tío, esperando a que se despertara. Me sentía sola. Cuando Tío y yo estábamos en sitios grandes, durmiendo bajo arcadas y puentes con otras personas, era mejor. Había más gente con la que hablar y algunos eran amables conmigo.

Los ojos de Tío se abrieron y dijo "Rosa" como si se estuviera recordando a sí mismo que yo existía. Rebuscó en su bolsillo el monedero, lo sacó y me tendió unas cuantas monedas diciéndome:

—No he podido dormir pensando en el tesoro. Vete a comer y déjame descansar.

Dicho esto cubrió su rostro con la manta.

Me estiré la ropa, me peiné y eché andar a través de la plaza vacía, llevando mi cuaderno y mi pluma en el perraje, y pensando en comer en el mercado pero sin atreverme a ello, a causa de la viejita con el parche en el ojo. Puede que les hubiera dicho a sus amigos "tienen que encontrar al ciego y a la niña; es una niña que va de azul".

Seguí caminando y dando los buenos días a la gente con la que me cruzaba mientras me frotaba los fríos brazos bajo mi perraje; me daba prisa únicamente para no quedarme helada. Cuando crucé el sendero que conducía a la casa de la adivina, sentí como si hubiera estado caminado en esa dirección, a propósito, sin saberlo.

Quería verla: no sabía por qué, pero también tenía miedo.

Nunca visitaba la casa de nadie; muy raramente estaba en una casa debido a la manera en que vivíamos Tío y yo.

Seguí el sendero, caminando por la cuneta, intentado evitar las partes más húmedas. Rocé los setos de hibisco notando que las flores rojas pintaban gotas de lluvia en mi brazo.

Lo peor que la adivina podía hacer era echarme algún encantamiento o hablarles de mí a los antepasados en lengua inversa. Pero ¿por qué habría de hacerlo? Incluso si yo no le simpatizaba, no valía la pena molestarse.

Llegué hasta el portón y puse la mano en la cuerda de la campanilla: iba a tirar de ella pero no me atrevía, y la incertidumbre de estar allí de pie era lo peor de todo, así que la agarré y le di un tirón.

Justo cuando empezaba a desear que no respondiera, apareció. Temía que mi cara mostrara que no era la clase de persona que merece estar en una casa y que me echara o que no me dejara entrar.

—Buenos días. ¿Te dejaste algo aquí? —dijo ella.

—No —le contesté, porque sabía que no me había olvidado nada y porque su expresión me decía que esa era la única razón por la que yo podría estar en su puerta. Me di la vuelta, preparándome a correr.

—¡M'hija, para! —dijo gritando—. ¡Vuelve! ¡Ven!

Volví. Ella iba delante, cruzamos la habitación donde Tío y yo habíamos estado y recorrimos un pasillo hasta un patio donde había una mata de fucsia, viejas sillas de madera y una mesa de madera donde había unas cuantas flores húmedas. La adivina limpió la mesa y las sillas con un trapo, y nos sentamos.

Me preguntó mi nombre y yo le dije que Tzunún.

Ella dijo entonces que no tenía que llamarla señora, que podía llamarla doña Celestina.

Me preguntó si Baltasar Om tenía algún grado de parentesco conmigo.

—Lo llamo Tío —dije en voz baja—, pero no es mi tío de verdad.

—Eso pensé —dijo ella—. ¿No sabrás si estuvo en La Hortensia hace años?

—Nunca mencionó tal cosa. No lo sé.

—Claro que no lo sabes —respondió doña Celestina—.

El mal que ocurrió en ese lugar sucedió antes de que nacieras.

Yo le pregunté qué era La Hortensia.

Ella me contó que veinte años antes había sido una gran plantación, donde un montón de familias mayas pobres trabajaban para un ladino rico por casi nada de dinero, cuidando el ganado y recolectando café. En esa época mucha gente, también algunos ladinos, luchaba para cambiar el gobierno porque sólo servía a los ricos, y algunos de los hombres de la finca eran guerrilleros secretos contra el ejército. Ellos convencieron a las familias pobres de hacer huelga y exigir mayores salarios.

El rico ladino propietario de la granja se enteró de que los trabajadores estaban en huelga, que no cuidaban su ganado ni recogían su café. Llamó a unos cuantos amigos, que por casualidad eran generales del ejército, y les explicó que sus trabajadores querían derrocar el gobierno.

Los soldados llegaron al amanecer, dispararon a los hombres, a las mujeres y también a los niños. A mediodía habían matado a todos. Entonces cortaron plantones y los convirtieron en estacas afiladas por los dos extremos.

Atravesaron los cadáveres con las estacas del mismo modo que los vendedores pinchan con palillos los tacos en las ferias. Los soldados atravesaron con estacas cadáveres de hombres, de mujeres, incluso un niño o dos; tantos cadáveres como podían. Una vez que los tuvieron a todos sujetos, los apilaron y los quemaron.

Toda la gente que trabajaba o vivía en La Hortensia. Y uno más, porque el esposo de doña Celestina también había estado allí, aquella misma mañana, visitando a un amigo. No trabajaba allí; no había hecho nada contra el gobierno. Los soldados lo mataron simplemente porque estaban matando a todo el mundo, y porque hubiera sido un testigo de los asesinatos si lo hubieran dejado vivir.

—Me pregunté por qué no hubo una señal —dijo doña Celestina—, por qué no recibí ningún aviso de los antepasados o del Ahau o de las semillitas. A menos que yo lo pasara por alto. A menos que hubiera una señal que yo ignoré, algo que debiera haber notado y se me pasó. Les pregunté a las semillas una y otra vez si no había sabido ver el aviso, y me contestaron siempre que no. Pero jamás entenderé por qué tuvo que ocurrir.

Dejó escapar un largo suspiro y continuó:

—Aquel día, más o menos a media mañana fui a buscar a mi esposo. Cuando llegaba cerca de La Hortensia me crucé con un camión de soldados, y vi un humo negro que se enroscaba lentamente en el cielo, un humo terrible que olía a carne humana.

—Nunca volví a ver a mi esposo, ni siquiera su cadáver. Por miedo al ejército nadie se atrevió a ir a enterrar a los muertos, no durante mucho tiempo.

El dolor de sus ojos empezaba muy atrás, y cuanto más la miraba más retrocedía y más profundo se hacía, hasta que supe que no tenía fin y pensé que era algo que no tenía derecho a ver.

Sus manos se abrieron sobre la mesa, en forma de recipiente como si anhelaran contener algo. En el suelo, debajo del árbol fucsia, yacía una flor caída: los pétalos morados exteriores contenían a los interiores como una cuna. La recogí y la puse en sus manos; los ojos se le llenaron de lágrimas.

—Armando —dijo en voz baja—, Armando era su nombre.

—Nunca le hablé de La Hortensia a nadie —continuó—, y no sé por qué le estoy contando todo esto a alguien tan joven como tú.

Yo quería decir algo pero no sabía qué, así que me quedé callada.

Doña Celestina besó la flor púrpura y la dejó suavemente sobre la mesa:

—Después de lo que vi ese día me pregunto cómo puedo seguir viviendo. Pero aquí estoy.

Levantó entonces la cabeza y añadió:

—No estaba bien dispuesta hacia el que llamas Tío, porque pensé que lo había visto en La Hortensia. Y tú, ¿por qué has venido a verme?

Porque usted me cayó bien, pensé, pero no me atreví a decirlo. No era razón suficiente para ir a ver a una persona: ir sin más a casa de una persona desconocida sólo porque te había caído bien.

—No lo sé.

—Probablemente tienes una razón, Tzunún, la conozcas o no. En ocasiones las razones que ignoramos son las más importantes, las que deben guiarnos. Pero dime tu nombre completo.

—Tzunún Chumil —dije tímidamente. Colibrí Estrella.

—Tzunún Chumil, es un placer conocerte —dijo ella—. ¿Desayunarás conmigo?

Dije que sí con la cabeza.

—¿Me ayudarás a preparar el desayuno?

Fuimos a la cocina. En un puchero de peltre, sobre el fuego, había café recién hecho. Me pidió que tomara las tazas y lo sirviera, añadiéndole azúcar, la cantidad que yo quisiera en el mío; dos cucharadas en el de ella. Hizo huevos revueltos y yo serví frijoles negros de una olla de barro que estaba sobre el fuego. Tenía tortillas que calentamos hasta que estuvieron crujientes y rizadas en los bordes. Las envolví en un paño amarillo. Doña Celestina repartió dos raciones idénticas de huevos: un plato para ella y otro para mí. Lo comimos todo afuera, en el patio.

—Tzunún, te agradezco el trabajo que has hecho para alimentarnos —dijo doña Celestina, y yo recordé cómo contestar del modo en que lo había hecho cuando era pequeña:

—Doña Celestina, le agradezco el trabajo que ha hecho para alimentarnos.

10

Doña Celestina me cura

—A-a-a veces me pregunto si tengo una serpiente en la garganta. O un demonio.

No había sido mi intención decírselo: las palabras salieron solas.

—Ya veo —me puso la mano en la frente y dijo—: Echa la cabeza hacia atrás y abre la boca.

Abrí la boca tanto como pude y ella miró en su interior, y luego me palpó la garganta debajo de la mandíbula; de ahí venía el problema.

—Todo bien —dijo—. Ni serpientes ni demonios.

Dejé escapar un gran suspiro. Estaba contenta, pero también triste. Si no había ningún demonio, entonces era mi culpa. Era mi culpa por ser estúpida.

Me pasó el brazo por los hombros y me habló como si me hubiera leído la mente:

—No es culpa tuya —dijo—, y tampoco eres estúpida. ¿Sabes por qué estoy segura de eso?

Negué con la cabeza.

—Los estúpidos no tienen problema para hablar, ésa es la razón. Pueden hablar día y noche, como los pájaros. El tuyo es el problema de los inteligentes: quieres hablar, pero tienes miedo de las cosas que necesitas decir. Tienes miedo de las consecuencias de decir esas cosas. ¿No es así?

Lo que decía sonaba a verdad y sin embargo yo no sabía qué contestar, así que me callé.

—Estar callada está muy bien —añadió ella—. Pero de ahora en adelante, cuando tengas que decir lo que necesitas decir va a ser más fácil. Esta noche haré una bendición especial para tus palabras. Les pediré que sean buenas contigo. Así que, desde mañana, serán tus amigas. Y tú también puedes decirles a las palabras que sabes que son amigas, que sabes que quieren ayudarte.

Asentí nuevamente con la cabeza. Me toqué la garganta: ni serpientes ni diablos. Ni siquiera sentía un nudo en ella.

—Los colibríes son un signo de paz, anuncian grandes bendiciones —dijo doña Celestina—. Me gusta tu nombre. Y me gustaría oírtelo decir en voz alta.

—¡Tzunún Chumil! —dije. Mi voz me dejó atónita: había sonado tan fuerte que parecía que todo el mundo en Nebaj me había oído. Supongo que después de todo no era para tanto, porque doña Celestina se limitó a sonreír.

—Tu apodo es Colibrí, ¿no? —dijo.

—Sí, así me llamaba mi mamá.

—Eso pensé —dijo doña Celestina—. Y además es un nombre muy bonito. Dilo en voz alta.

Lo hice.

—¿Por qué dice Baltasar que te llamas Rosa García?

—No lo sé; me dijo hace mucho que Rosa García era más sencillo de pronunciar.

—En tu pasado hay algo raro —contestó doña Celestina—. Algo profundamente escondido. Me gustaría desvelar el secreto.

—Tío dice que probablemente mis papás no me querían. Dice que me perdieron a propósito.

—Eso no es verdad —dijo doña Celestina—. Estoy segura. Siento que te querían. Sólo que no puedo imaginar lo que ocurrió exactamente.

Hizo una pausa, como si escuchara algo que se decía fuera del alcance de su oído, y después hizo un gesto como si desistiera.

—Una cosa: Baltasar hizo mal en quitarte tu nombre. Si tenía que cambiar algo, debería haber cambiado *su* nombre. "Om" significa "araña" y ése es un mal apellido.

—¿Por qué? —pregunté.

Doña Celestina se encogió de hombros y respondió:

—Encontrarte una araña no es un buen augurio; pero ver un colibrí da buena suerte.

—Una vez —respondí—, estaba sentada en un camino esperando que llegara Tío, sin nadie cerca y sintiéndome muy sola, y un colibrí se acercó volando y se detuvo, sosteniéndose en el aire delante de mi cara. Yo llevaba flores en las manos, pero no las tocó: se limitó a mirarme durante muchísimo tiempo. Como un amigo; como mi mejor amigo.

—Te hizo el regalo de sí mismo —respondió doña Celestina—. Tal cosa no ocurre a menudo, así que no la olvides. No te olvides de las cosas que tienen significado para ti. Son más valiosas que el oro.

Doña Celestina pasó cuidadosamente un dedo por el borde de su taza de café, como si fuera una ruta que estuviera trazando.

—¿Has pensado alguna vez en dejar a Baltasar?

—¿Cómo podría dejarlo si tengo que encontrarle un tesoro? Incluso usted lo dice.

—No te preocupes por el tesoro —respondió doña Celestina—. Lo que va a ocurrir ocurrirá. Incluso si lo abandonas, las cosas no cambiarían.

—Se ocupa de mí —respondí yo.

Doña Celestina dudó y después, escogiendo las palabras cuidadosamente, respondió:

—El respeto es la base de la vida, Tzunún, y una niña tiene el deber de ser leal a la persona que la cuida. Pero a veces esa persona no es buena. ¿Estás segura de que Baltasar es bueno contigo, Tzunún?

—Cuando me abandonaron, él me encontró en la calle. Él me rescató.

—Y desde entonces, ¿dónde han vivido?

—En muchas partes, parece.

—¿En qué te ocupas?

No importaba que pudiera decirlo: sentí el nudo en la garganta lo mismo.

—Mendigamos.

Doña Celestina se calentó las manos contra su taza de café y respondió:

—Podrías tener una vida mejor. No necesitarías mendigar. Conozco un sitio en la capital donde podrías ir, un sitio que te permitiría asistir a la escuela y vivir con otros niños.

Doña Celestina siguió explicándose un poco más, pero le dije que no.

El lugar del que hablaba se llama orfanato. Es un lugar para niños que no tienen a nadie. Yo no quería ir a un sitio donde todo el mundo estaba con todo el mundo pero donde nadie pertenecía a nadie.

—Así que, ¿a pesar de todo, no quieres dejar a Baltasar? —dijo doña Celestina. Soló la idea de dejarlo me aterrorizó de tal modo que de momento no pude reaccionar.

11

Separación

—No —respondí—, no deseo dejarlo.

Pero incluso cuando lo dije no sabía si hacía bien, y sentí que algo en mi corazón se tensaba más y más como una goma que se estira y que va a terminar rompiéndose.

—Si...

—Continúa, niña, ¿qué quieres decir?

—Si pu-pu-pu pudiera vivir con usted... —respondí, pero al mirarle a la cara mis palabras se interrumpieron porque me di cuenta de que la respuesta era no. Mordiéndome los labios para no llorar, me levanté y me puse mi perraje.

Doña Celestina se inclinó hacia mí y me agarró la mano.

—Lo que me pides es algo muy grande —dijo suavemente—. Me gustaría decir que te quedaras conmigo, pero no puedo.

—¿Por qué no? —los hombros me temblaban. Ella me sentó en una silla y me rodeó los hombros con un brazo.

—Sería muy complicado —respondió. Intenté levantarme, pero me sujetó por los hombros.

—Te diré por qué —añadió—. Entonces podrás decirme si me equivoco.

Doña Celestina se explicó. Dijo que si me quedaba con ella, Tío averiguaría dónde estaba y querría recuperarme a causa del tesoro, aunque sólo fuera por eso; puede que también me quisiera a su modo.

En cualquier caso, iba a querer que volviera con él. Seguro que iba a venir a buscarme.

—Tzunún, puede que entonces quisieras irte con él...

Sacudí furiosamente la cabeza para negarlo, para decirle que nunca la dejaría.

—... lo que quizás hicieras; no estoy convencida de tu negativa. Yo me sentiría muy infeliz, pero sería tu derecho, tu elección.

—No me iría —dije en voz baja.

Doña Celestina retiró su brazo de mis hombros, pero siguió mirándome fijamente.

—Y ahí empezaría la complicación: Baltasar tal vez iría a la policía a contarles que yo te había secuestrado y, aunque no sea tu pariente, el tribunal aceptaría sus razones por el simple hecho de haber estado con él tanto tiempo.

Doña Celestina relajó mis agarrotados dedos y me los acarició.

—Sí, terminaría por ocurrir —dijo—, vendría la policía y todo dependería de tu palabra. ¿Lo entiendes?

—No —respondí. No quería entenderlo.

—Quieres decir *sí* —dijo doña Celestina—, porque en realidad lo entiendes. ¿Que dirías si te quedaras conmigo y Baltasar viniera y te quisiera de nuevo con él?

No lo sabía. Intenté imaginármelo, yo viviendo allí en su casa, lo que era un paraíso imposible, y Tío que regresa y dice: "Venga, Rosa. Estoy aquí. Tenemos que irnos. Debemos marcharnos".

En mi cabeza podía oírle decir esas palabras.

No podía oír lo que yo le contestaba.

Estaba tan acostumbrada a él... estaba acostumbrada a callarme cuando quería que me callara. Estaba acostumbrada a hacer lo que me ordenaba. Cuando me decía que empacara y que me preparara para salir, yo empacaba y me preparaba para partir. Así vivíamos.

Doña Celestina meneó la cabeza y dijo:

—Si no dices nada, tu silencio significaría: "Sí, Tío, me voy contigo". Yo te perdería justamente cuando empezara a acostumbrarme a tu compañía.

—Y no sólo eso: tal vez me pusieran una multa, o me metieran en la cárcel si no me defendieras. Pero, ¿no lo ves, Tzunún? ¡No puedo quedarme contigo! ¡No me atrevo!

Se quedó contemplándome con una expresión medio disgustada, medio triste y añadió:

—¿Lo entiendes?

Yo lo entendía, pero no respondí; me limité a agarrar mi taza, como si fuera a llevarla a la cocina, pero no me levanté. Mis rodillas temblaban, mis hombros temblaban y también la taza temblaba.

Doña Celestina retiró la taza de mis manos y la devolvió a la mesa. Entonces, inspirando profundamente, dije:

—Me ha dicho que puedo dejarlo si quiero.

—Ésa es la cuestión —respondió doña Celestina—. Si realmente lo deseas.

Se sentó junto a mí.

—Si yo me quedara aquí con usted en este momento, si nunca volviera...

—Vendría a buscarte, ya lo sabes.

Asentí con la cabeza. Lo sabía.

—No es que no te quiera, Tzunún. Es que *tú* no sabes lo que quieres. Tu corazón está dividido.

¡Dividido! Dividido significa partido. Mi corazón estaba partido, y mi camino también: parte de mí miraría hacia delante y parte de mí miraría siempre hacia atrás. Miraría atrás hacia doña Celestina, hacia este exacto minuto en que estaba a punto de perderla.

—Viniste por algo más —dijo doña Celestina—. Puedo sentirlo. ¿Qué es?

Empecé a decir que se equivocaba, pero entonces recordé mi cuaderno. Lo saqué de mi perraje.

—Tío dijo que usted tenía razón cuando indicó que él me debía algo de papel, y me compró esto.

—Muy bien hecho de su parte —respondió doña Celestina y entonces, dudando, me pidió que le alcanzara el cuaderno.

Se lo pasé. Doña Celestina lo sostuvo con los ojos cerrados. Yo la contemplaba en absoluto silencio.

Abrió los ojos y me lo devolvió.

—Tzunún —dijo—, los antepasados me hablan, así que cree lo que te digo, es importante. Éste no es el papel que Baltasar te debe. El papel que te debe es otra cosa: es sólo una hoja, una hoja muy pequeñita —agregó—. Más o menos de este tamaño…

Y trazó un cuadrado como la palma de mi mano.

—Entonces me dio de más —respondí.

—Sí, pero te debe todavía una hojita. Hay algo escrito en ella, no sé qué, pero los antepasados me dicen que debes encontrarla.

—Muy bien, se la pediré a Tío —dije.

—No —respondió doña Celestina—, ¡no lo hagas! ¡Si se la pides, la destruirá! Intenta encontrarla por tu cuenta, en secreto. Y ahora tienes que irte: seguramente te estará buscando.

Me acompañó hasta la puerta, me puso la mano en la cabeza y habló rápidamente en ixil. De todo lo que dijo sólo entendí mi nombre. El conjunto, sin embargo, sonaba como una oración. Como una bendición.

—Llévate esto también —dijo—. Es tuyo.

Sacó una bolsita pequeña de su huipil y me entregó un

billete de cien quetzales absolutamente perfecto, como recién impreso.

No le pregunté cómo lo sabía. No me asombré, ni siquiera le di las gracias. Me limité a rodearla con mis brazos y ella hizo lo mismo conmigo. La quería, la quería tanto que sentí que el corazón me iba a estallar.

Doña Celestina rompió el círculo de mis brazos y cubrió mis manos con las suyas.

—Eres una buena patoja, Tzunún. No dejes que nadie te diga otra cosa. Cuando tengas problemas, acuérdate de tus tesoros. Piensa en el colibrí que te visitó en el camino. Piensa en el tiempo que hemos pasado juntas. Los verdaderos tesoros te conducirán fuera de la penumbra.

—¿Y Tío? ¿Su tesoro?

—Un tesoro depende de quien lo ve —fue todo lo que dijo.

12

El plan de Tío

Camino de la iglesia, me iba tocando la garganta para ver si de verdad estaba curada. Realmente lo parecía: muy suave, sin rastros del nudo.

El nudo se había movido. Ahora estaba en mi corazón.

Me dije a mí misma que tenía que volver a ver a doña Celestina otro día y pedirle que me curara el corazón del mismo modo que me había curado la garganta. Una vez en la iglesia, buscaría con la mirada al hombre del hermoso sombrero, a ver si lo veía y podía hablar con él un rato, le preguntaría su nombre y tal vez se hiciera mi amigo.

Pero de algún modo, incluso antes de que viera a Tío, supe que nada de esto iba a ocurrir. Allí estaba yo en la iglesia, y exactamente donde lo había dejado estaba Tío, sentado en el pórtico con las piernas cruzadas, con la cuerda en torno a la vieja maleta negra y el bastón a su lado, su cuerpo entero exudando impaciencia y la mirada puesta en las lejanas montañas.

Durante el trayecto le compré comida. Al llegar, le alcancé dos tortillas rellenas de huevos revueltos.

—¿Por qué llegas tan tarde?

—Me encontré con la adivina por casualidad. Hablamos un rato.

—¡Un rato! ¡Horas! —gruñó Tío, pero no me preguntó nada más de doña Celestina, si no que se limitó a comer y cuando terminó me dijo que nos marchábamos.

Levantó su maleta, se la echó a la espalda, y me tendió un extremo del bastón. Empezamos a andar, yo delante y él gruñendo a mi espalda.

Dijo que no le gustaba Nebaj; no le gustaba la lluvia. Además había sabido que en ixil, la palabra "Nebaj" significaba "pobre". En un pueblo de cinco centavos como éste yo nunca lo haría rico.

Empezó a dar grandes zancadas, así que tuve que darme prisa para continuar delante de él. Pensé que íbamos a estar andando días, cruzando las montañas, pero en lugar de ello anduvimos únicamente hasta la oficina de la compañía telefónica. Tío iba a llamar a su viejo amigo Raimundo, el amigo al que le debía dinero desde hacía tanto tiempo.

Se sentó dentro de la cabina de cristal. Deseé que la operadora no le pasara la llamada, esperé que Tío colgara el teléfono inmediatamente y saliera diciendo que no podía encontrar a su amigo por ninguna parte, que no íbamos a hacer el viaje y que, después de todo, Nebaj era un buen lugar para quedarnos.

Tío se inclinó hacia atrás. Vi moverse sus labios, le vi hacer gestos, le vi mostrar cinco dedos y la palma vacía y luego afirmar primero una vez y luego vehementemente, muchas veces más.

Salió de la cabina sonriendo; tenía nuevos planes para nosotros. Íbamos hacia el pueblo de Raimundo, San Sebastián. Tío podía hacer mucho dinero allí, decía Raimundo, y yo también. No necesitaríamos mendigar. Podíamos trabajar los tres juntos, Tío, Raimundo y yo, como si fuéramos tres socios, y Tío podía pagarle lo que le debía a Raimundo y vivir bien.

Y no íbamos a cruzar las montañas a pie, ni mucho menos. Raimundo nos necesitaba cuanto antes. Nos íbamos inmediatamente, en autobús y, cuando llegáramos allí, Raimundo iba a devolverle incluso el importe de los boletos de autobús a Tío.

13

En el camino

El autobús estaba pintado con rayas rosadas, moradas y verde claro, y relucía en la lluvia. El ayudante se subió al techo y aseguró la vieja maleta negra junto a otras bolsas y canastas, cubriéndolo todo con grandes láminas de plástico.

El agua se escurría por nuestros improvisados impermeables. Se abrió la puerta del autobús y Tío me pellizcó para que subiera.

La gente se apretujaba detrás de nosotros, empujándonos a lo largo del pasillo del autobús hacia los asientos del fondo. El techo de metal crujía por las pisadas del ayudante; se oían roces y golpes.

Tío me metió en una estrecha fila de asientos empujándome hasta que me aplastó contra la ventanilla.

El autobús estaba lleno. Olía a humo de madera, a vómito de leche de bebé, a ropa mojada y a las tortillas que la gente llevaba para el viaje. Los padres y los abuelos sujetaban a los niños en el regazo, mientras que los mayorcitos se quedaban de pie en el pasillo, agarrados a la parte trasera de los asientos.

En torno a nosotros algunos pasajeros intentaban abrir las ventanillas, porque no había aire. Otros intentaban cerrarlas a causa de la lluvia, y los que no podían llegar a las ventanillas hablaban entre dientes criticando lo que los demás hacían.

—¿Ves cuánta suerte tienes? —dijo Tío—. ¡Viajar en autobús! ¡Y sentada!

Vi, por la ventanilla, un patajo que vendía refrescos morados y anaranjados en bolsas de plástico.

—¿Quieres un refresco? —preguntó Tío—. ¿Quieres comer algo?

Negué con la cabeza. En mi interior comenzó un malestar que se fue extendiendo por todo mi cuerpo. Debía bajar del autobús. Tenía que bajarme.

Me puse de pie. Tío me cerró el paso, extendiendo las manos para agarrar la parte superior del asiento que estaba ante nosotros, y dijo:

—¡Pero siéntate, Rosa! ¿Dónde crees que vas? ¡He pagado! ¡No nos van a devolver el dinero!

Sacudí la cabeza y me quedé de pie. Tío me agarró por la cintura y me sentó.

—¡Eres una inconsciente, Rosa! ¿Quieres caminar bajo la lluvia durante días? ¡Siéntate!

Me senté, haciéndome un ovillo sobre el duro asiento,

tragando y tratando de contener el malestar de mi estómago.

El autobús se lanzó hacia adelante dando saltos sobre el desigual camino. Limpié el vaho de la ventanilla para ver Nebaj por última vez, pero no sirvió de nada: la lluvia caía fuertemente sobre el exterior del vidrio. Todo lo que pude ver fue unos borrosos perfiles de pálidas edificaciones, y más allá el verde húmedo de las montañas.

Cerré los ojos con fuerza. Un bebé se echó a llorar: alguien siseó para que se callara, pero siguió quejándose.

Estaba perdiendo algo, algo que iba más allá de Nebaj. Dentro de mi cabeza pronuncié mi nombre: Tzunún Chumil. Tzunún Chumil. Tzunún Chumil. Y después mi apodo: Colibrí, Colibrí, me repetí una y otra vez. El mundo se transformó en una visión de mi mamá, de su voz. Su aspecto, su belleza. El recuerdo de la casa donde vivía.

Teníamos un jardín con campanillas azules que trepaban por la verja y malvarrosas a todo lo largo de los arriates del patio.

En el patio mi padre me agarraba de las manos y me hacía volar, me hacía volar: yo daba vueltas y vueltas y veía que las malvarrosas pasaban velozmente junto a mí.

Me encantaba que papá me hiciera volar. Quería volar de verdad, volar como los colibríes que se sumerjen entre las flores, volar con la velocidad que ellos vuelan, cernirme como ellos.

Si me acercaba lo bastante a ellos y lo deseaba, podría hacer que ocurriera.

Un diminuto colibrí zumbó junto a mi oído, zambulléndose al punto en una campanilla que estaba junto a la reja. Trepé a ésta para tocarlo, inclinándome hacia él, más y más cerca, de modo que podía sentir la brisa de sus alas al lado de mi mejilla. *Quiero ser...* deseé. Me incliné más y me caí.

El colibrí salió disparado hacia el cielo.

¿Cómo había podido caerme? Mi nombre era Colibrí. Pero los colibríes no se caen jamás. Lloré de pena, de pena por no ser un colibrí.

Mi mamá corrió hacia mí y me levantó. Me besó en la frente y me frotó las rodillas para que el dolor pasara. Luego me acarició la cabeza en ese sitio especial que se frota para calmar a los niños y luego dijo:

—Tzunún ¡estás bien! Mi dulce niña, mi querida colibrí.

En el autobús el niño había dejado de llorar, algunos pasajeros se habían dormido. Otros hablaban en voz baja, y dos hablaban casi a gritos, dándose importancia, usando los nuevos teléfonos que la gente llamaba *celulares*.

Tío se inclinaba hacia delante, aferrado al respaldo del asiento delante de nosotros con sus gruesas manos, dando tumbos con la cabeza, en perfecta calma. Yo, sin embargo, sentía horror, una repugnancia peor que el malestar del viaje, un temor como si me deslizara cada vez más profundo hacia la nada.

En mi mente se había iniciado otro viaje, un viaje que yo vivía de nuevo: un viaje en autobús que había hecho, cuando era muy pequeña, a la capital, la ciudad de Guatemala, con mis padres.

Estábamos en un autobús, y recién comenzaba el viaje de vuelta a casa. Yo iba de pie en el pasillo, frente a mi mamá, apoyando el rostro contra su suave vientre, sujetándome a su cinturón. Mi papá se apoyaba contra la pared interior del autobús, sujetando una caja de cosas que habíamos comprado. La puerta trasera estaba abierta todo el rato, e incluso cuando el autobús se movía, había gente que se bajaba de un salto. A través de la puerta podía ver edificios con grandes ventanas de cristal y pálidos muros manchados de hollín. Mi mamá dijo en ese momento:
—Puedes mirar, colibrí, pero, ¡agárrate fuerte a mí!
El autobús se detuvo. Algunos de los pasajeros bajaron, y un hombre subió de un salto. Se quedó justo frente a mí y me miró de hito en hito; tenía la cara sucia y sus ojos enrojecidos brillaban como carbones ardientes. Yo grité "mamá", y me agarré más fuerte todavía a su cinturón, pero él me agarró de los brazos, tiró, y ya no pude sujetarme: de repente me vi sobre sus hombros, gritando y pateando tan fuerte como podía. Mi papá dejó caer la caja y gritando corrió hacia nosotros. Otros pasajeros gritaban "¡secuestrador!, ¡detengan el autobús!" pero yo ya no les oía porque el extraño atravesaba la multitud corriendo conmigo encima; algunos transeúntes se quedaron mirando y otros intentaron detenerlo porque yo todavía gritaba pero él les dijo "¡A mi hija la ha picado una avispa!", y siguió corriendo. Yo grité "¡No!" una y otra vez pero él corría tan deprisa que no me escuchaban.

En un patio me cubrió la nariz y la boca con un trapo malo-
liente que me hizo toser. Cuando me desperté estaba sola.

Cuando salíamos de Nebaj cerré los ojos, intentando ver el rostro del hombre que me había secuestrado. Lo intenté con todas mis fuerzas, pero el recuerdo escocía como un pozo de lágrimas envenenadas, cegándome, y al final todo lo que pude recordar fue a Tío.

Él me encontró aquel día en el callejón. Me preguntó qué pasaba y dijo que cuidaría de mí. Cuando fui algo mayor y pude entender más, me contó cómo, después de que le hubiera dicho mi nombre, habló con la policía y leyó todos los periódicos buscando a alguien que hubiera perdido a Tzunún Chumil, pero no había noticia alguna. Puede que mis papás me hubieran llevado a la capital para perderme a propósito porque carecían de dinero para mantenerme. A veces ocurre, dijo.

Me repitió tantas veces su opinión, que todo lo que había sentido y visto aquel día se mezcló con las cosas que Tío me decía y, al final, terminé por pensar que quizá mis papás no querían que yo volviera.

Pero soñaba con ellos a menudo: a veces soñaba que estábamos juntos en un autobús, y que me dejaban allí y se alejaban porque yo había hecho algo muy malo. En el sueño intentaba recordar lo que había hecho malo para poder pedirles perdón, porque sabía que si lo hacía todo iba a arreglarse. Sin embargo, lo intentara como lo intentara, jamás podía acordarme. Y durante todo el tiempo que lo intentaba, el autobús iba estirándose y haciéndose más y más largo, de modo que finalmente, aunque aún estábamos los tres en el mismo autobús, la distancia entre mis papás y yo era tan grande que ni siquiera podía verlos y no había esperanza de que pudiéramos reunirnos de nuevo.

Era un sueño terrible, y transcurría exactamente igual cada vez. Parecía concordar con lo que Tío decía, así que siempre pensé que había verdad en él: había hecho algo malo, y mis papás no me querían. Había creído aquello prácticamente desde siempre, pero doña Celestina me había dicho que no era así. Tío me había ayudado y se había ocupado de mí, pero eso no le hacía tener siempre razón. En lo concerniente a mis papás estaba equivocado.

14

Mi taza

Tío me sacudió por el hombro, diciendo que me despertara; teníamos que cambiar de autobús. Estábamos en el pueblo de Sacapulas y debíamos esperar aproximadamente una hora para subir al autobús de San Sebastián.

Una ceiba gigante de enormes ramas daba sombra a la calle y al parque próximo. El ayudante nos tendió nuestra maleta y nos dirigimos a un puesto de comida donde una mujer nos vendió pequeños tamales mezclados con una deliciosa hierba verde, chipilín.

Tío pidió una Cola-Cola y yo un chocolate caliente. Nos sentamos en una banca del parque y comimos. Cuando Tío hubo terminado cruzó la calle, compró un periódico y se puso a hablar con unos hombres. Estaba de vacaciones: llevaba sus pantalones buenos y no mendigaba ni fingía ser ciego.

Yo seguía sentada en la banca, ahora sola. Todavía esperaba mi chocolate caliente.

Del mismo modo que siempre sucedía cuando nos marchábamos de alguna parte, el lugar y la gente que habían quedado atrás empezaron a dejar de parecerme reales. Nebaj parecía pálido y borroso y doña Celestina era simplemente una persona más, una persona agradable, pero borrada ya por el tiempo.

En el puesto de comida, la mujer batía mi chocolate con un molinillo de madera; podía ver la espuma que lo coronaba.

Se volvió hacia un estante y agarró una taza con un dibujo de corazones: un gran corazón rojo, perfecto, con una enredadera verde en torno a la cual crecían otros tres corazones diminutos.

El corazón grande me trajo a la mente lo que doña Celestina me había dicho: que no podía quedarse conmigo a causa de que mi corazón estaba dividido. Cuando me lo dijo, yo le creí, pero ahora no estaba tan segura. Quizás no había querido que me quedara con ella en ningún caso. Quizá estaba equivocada, y no había un trocito de papel que Tío me debía. Quizá ni siquiera tenía el corazón dividido. ¿Y por qué tendría que hacer lo que ella había dicho sobre recordar cosas importantes, cuando ni siquiera podía estar segura de que importaran en absoluto?

La mujer vertió el chocolate en la taza y me sonrió, y en cierto sentido eso hizo que me enojara, como si la mujer fuera doña Celestina. Dentro de mí le gritaba a doña Celestina: "¡*No tengo el corazón dividido!*".

Agarré el chocolate: en ese momento la taza estalló. Se hizo pedazos en mi mano, y yo salté. El chocolate se derramó por todo el mostrador. La taza estaba partida en dos, en medio del desastre. La línea de rotura partía el corazón rojo grande, dividiéndolo en dos partes iguales.

La mujer recogió el chocolate derramado con un trapo y dijo:

—¡Debería haber sabido que esa taza no iba aguantar! Tenía una grieta.

Ella creyó que se trataba de una casualidad, pero para mí era una señal. Mi corazón estaba dividido, tal y como había dicho doña Celestina. Exactamente como me había dicho, y ése era el motivo de que no hubiera podido quedarme a su lado. Ésa y ninguna otra razón. No se trataba de que fuera a costarle demasiado dinero o de que yo no le simpatizara.

—Paciencia, niña, queda más en la olla —dijo la mujer; después vertió chocolate en un sencillo tazón blanco y me lo tendió.

Entonces recogió las dos piezas de la taza rota y exclamó:

—¡A la basura contigo!

Casi se me detuvo el corazón, porque pensé que sus palabras eran una señal más y que era yo, la del corazón dividido, la que realmente iba a la basura.

Le supliqué que me diera los trozos.

Ella sorprendida, se encogió de hombros y contestó:

—Bueno, después de todo, no me sirven de nada.

Los enjuagó en un cubo de agua, los secó y me los tendió envueltos en una hoja de periódico viejo.

—Quizá puedas pegar los trozos con un poco de goma —dijo.

Yo los envolví en mi perraje.

Por fin llegó el autobús siguiente, el que iba a San Sebastián, pintado con rayas anaranjadas y azules y con un diseño de diamantes rojos.

Tío y yo subimos inmediatamente y, una vez más, Tío me empujó hasta que ocupé un asiento junto a una ventanilla.

Salimos de Sacapulas. Tío miraba por la ventana, contemplando por encima de mi cabeza un barranco en el que había montañas de basura arrojada por la gente y, más lejos, unas cuantas cabras que triscaban.

Me alegré de que no supiera que llevaba la taza rota. Si lo hubiera sabido me habría dicho que la tirara al basurero por la ventana, que era de locos llevar de un sitio a otro dos frágiles trozos de loza que se romperían en un millón de pedacitos al primer golpe.

Tío tosió y cerró los ojos.

Abrí mi perraje y junté los dos trozos de la taza. Encajaban perfectamente: desde el corazón grande, la enredadera verde se enroscaba en torno a la taza y de ella nacían los tres corazoncitos. Había sido, y podía serlo de nuevo, una hermosa taza.

Tío siempre decía que la belleza no era nada, sino una idea en la que estúpidas ovejas y tontos alelados creen. Una taza rota ni siquiera servía para engañar a un bobo, eso es lo que hubiera dicho.

Pero era mía.

Hasta el día en que Tío me había dado el cuaderno; durante todo el tiempo que viví con él, nunca había tenido nada propio, y ni siquiera eso había sido idea suya, porque doña Celestina le había dicho que me debía papel. No era algo que yo había escogido verdaderamente por mi cuenta.

Devolví a mi perraje los trozos de la taza, tocándolos a través del paño.

Una persona no puede vivir sin algo hermoso, incluso si se trata de algo que otro ha tirado a la basura, como mi taza; para mí era bella.

Descendimos hacia un valle y lo atravesamos, pasando por una plantación de bananos. Los brotes colgaban en racimos en pesadas masas rojo púrpuras, del tamaño de corazones humanos. Más arriba se veía el entramado de las verdes ramas, con las hojas de banano partidas por el viento. Partidas pero aún vivas.

15

San Sebastián

La carretera estaba tallada en la garganta de una montaña. Abajo, un enorme lago relucía en el crepúsculo. Detrás de él, y por encima de un muro de nubes violetas, tres volcanes parecían flotar en el aire.

—Cinco minutos más, puede que diez, y habremos llegado —dijo Tío, y añadió—: Es un pueblo muy próspero; muchos extranjeros lo visitan durante el año para ver sus bellezas. Tontos que son.

El autobús fue ganando terreno pulgada a pulgada, cuesta abajo, mientras el conductor frenaba todo el tiempo y mantenía la velocidad reducida para no precipitarse barranco abajo. De repente, la carretera se hizo plana y más ancha y apareció un verdadero bosque de señales pintadas a la derecha y una gran gasolinera donde el conductor hizo entrar al vehículo mientras gritaba:

—¡San Sebastián, San Sebastián!

Todo el mundo se bajó. El ayudante nos alcanzó la maleta de Tío del techo del autobús.

Al otro lado de la calle había aparcado otro autobús, grande y plateado, frente a un hotel de dos pisos pintado fantasiosamente de turquesa y de oro. En la entrada había una gran imagen de hierro de un soldado a caballo, que llevaba un escudo y una lanza.

Tío frunció el entrecejo y dijo:

—¡Son imbéciles! Ese Pedro de Alvarado, el conquistador, está mal hecho. Debía llevar un arma de fuego; los conquistadores trajeron armas de fuego. Por eso ganaron.

Miró entonces el autobús plateado, mucho más grande y mejor que el que nos había traído.

—Los turistas van en vehículos especiales —dijo Tío—. Para ver mejor las cosas, como gallinazos que son.

Conducido por un patojo que vestía harapos, vimos a un hombre que se arrastraba por la acera hacia el autobús plateado, con las piernas cubiertas por gruesas planchas de cuero que asomaban a los dos lados de su rodilla como felpudos. Llevaba un gran cartel de cartón colgado del cuello en el que había un dibujo: dos ojos de grandes pestañas rizadas con dos enormes X cruzándolos. "Soy ciego", ponía el cartel.

Se arrastró hasta llegar frente a la imagen y entonces se detuvo, tendiendo las manos hacia las ventanas del autobús plateado.

Puede que fuera ciego, pero ni a sus piernas ni a sus pies les pasaba nada. Podía verlo.

Desde las ventanillas, un grupo de pasajeros dejó caer una lluvia de monedas de plata.

El patojo andrajoso corrió a recogerlas.

El mendigo se quedó inmóvil: ni sus manos ni su cabeza se movieron en absoluto.

—Un verdadero profesional —comentó Tío.

¿Y que pasaba si Raimundo no tenía trabajo para nosotros? ¿Qué pasaría si Tío se procuraba unas piezas de cuero para las rodillas y se dedicaba a arrastrarse por las calles de San Sebastián? ¿Y qué iba a pasar si yo tenía que guiarle? Pensé que no iba a poder soportarlo.

El autobús plateado se puso en marcha, expulsó una nube de humo azulado por el tubo de escape y se dirigió hacia la carretera.

Todavía con las vacías palmas levantadas, el mendigo de las rodilleras miró a la imagen del conquistador. El conquistador no le echó ni un centavo.

Entonces se encendieron las farolas de San Sebastián: farolas de fantasía con postes de hierro y redondas luces blancas que parecían hilos de perlas. Saliendo de su resplandor púrpura, un hombre corrió hacia Tío y lo abrazó riendo, complacido. Tío dejó caer la maleta y le devolvió el abrazo.

—¡Baltasar, viejo amigo! ¿Cómo va todo?

—¡Mundo! —contestó Tío.

Se separaron, sonriéndose el uno al otro.

Se supone que las niñas no tienen que mirar a los hombres, pero era difícil no mirar a Raimundo. Tenía una cara brillante que parecía la de un tecolote, piel clara y pelo canoso cortado muy corto que se proyectaba un poco sobre su frente en un tupé, y unos ojos muy redondos de mirada inocente. Llevaba vaqueros negros planchados, una chumpa de cuero negro y brillantes botas negras de vaquero. También su sombrero era especial: de fieltro, negro, estilo vaquero, con remaches de plata en la cinta. Tenía mejor aspecto que Tío, sin comparación.

Me pasó el brazo por encima de los hombros y me dio un beso en la mejilla mientras decía:

—Muy bonita, Rosa, ¡toda una señorita!

Debía conocerme de cuando yo era pequeña, pero yo no le recordaba.

—Rosa es todavía una niña —dijo Tío.

—¡Ni mucho menos, ya no lo es! —contestó Raimundo, que parecía muy feliz de que hubiera crecido.

Tío me miró de arriba abajo y dijo:

—Puede que tenga unos trece años. Debería darle más cosas para cargar.

Raimundo echó un vistazo a su alrededor, vio al mendigo con las rodilleras en el otro lado de la calle e hizo una mueca.

—No tiene sentido derrochar tiempo aquí —dijo—; vamos. Ahora tengo un sitio propio.

Levantó la maleta de Tío.

—No necesitas cargarla —dijo Tío—. Rosa puede hacerlo.

—No hay problema —contestó Raimundo.

Echamos a andar. Raimundo balanceaba la vieja maleta por la cuerda como si fuera livianísima.

—¿Ya no vives con tu hermana? —preguntó Tío.

—No, ya no. Tiene problemas en la cara.

—Recuerdo que Dolores era bien parecida —dijo Tío—. Algo estirada, sin embargo.

—Sí, bueno, pero tiene problemas, como te digo. Lengua larga. Nariz larga.

Lengua larga: alguien que habla de cosas que no son asunto suyo. Nariz larga: alguien que se entromete en los asuntos de otras personas.

—Debería tener cuidado —dijo Raimundo—. Podría perder su nariz un día de estos.

Balanceó la maleta con más fuerza, elevándola tanto que golpeó a un patojo que iba por delante de nosotros en mitad de la espalda.

—Lo siento, hermano —se disculpó Raimundo.

Eran cerca de las siete y en la mayoría de los pueblos las calles habrían estado casi a oscuras, pero no en San Sebastián: las farolas callejeras las iluminaban como si fuera una feria.

Aún había muchos comercios abiertos, muy iluminados, derramando torrentes de luz sobre los artículos que se exhibían tras las vitrinas.

Pasamos un almacén en el que había camas y bicicletas y televisores y unas extrañas cajas blancas de metal: Raimundo me dijo que lavaban la ropa, pero yo no me podía imaginar cómo.

Tío y Raimundo hablaban como locos, pero yo no escuchaba. Había tanto que ver... Por la calzada circulaban autos de lujo, no sólo camionetas; los extranjeros caminaban por las aceras hablando idiomas extraños. Se veían personas mayores con maletas y bastones, y jóvenes que parecían gigantes con enormes mochilas a la espalda.

Pasamos por un restaurante donde había multitud de extranjeros vestidos con ropa elegante. Una mujer llevaba un vestido ceñido que parecía estar hecho de oro y un mesero con pantalones negros y una camisa blanca con vuelos vertía una salsa roja desde una salsera de plata sobre el helado de la clienta. Encendió un fósforo y llamas azules rodearon el helado. ¿Un helado en llamas? No podía creerlo.

Pasamos por una escuela donde patojos y patojas adolescentes, todos con mochilas y vestidos con suéteres azules, entraban a las clases, aunque fuera de noche. En muchos pueblos la escuela es sólo para los niños pequeños y se acabó.

—Trabajan de día y estudian de noche —explicó Raimundo.

Bajamos por una calle adoquinada. No tenía elegantes faroles sino luces normales y corrientes. Por encima de la calle, las ramas de las jacarandas atrapaban la luz y en los adoquines resplandecía el azul morado de sus flores caídas.

Fuimos dejando atrás pequeñas casas rodeadas de verjas y llegamos hasta una casa pintada de un rosado pálido que tenía una verja con una puerta de alambre, cerrada con un candado. Raimundo sacó una llave.

—¿Tuya? —preguntó Tío, que aunque intentaba ocultarlo, estaba asombrado de que Raimundo tuviera una casa.

El candado se abrió de golpe.

—Mía —respondió Raimundo.

16

Tango

La sala principal de la casa de Raimundo estaba amueblada
con cuatro sillas y una mesa, dos camas contra una pared y
un aparador de madera de puertas combadas sobre el cual
había un radiocasete y unas cuantas cintas. Sobre la puerta
por la que habíamos entrado colgaba una gran ristra de
ajos envuelta en celofán rojo, para mantener alejados a los
malos espíritus.

Raimundo señaló las camas con un gesto y le dijo a Tío:

—Tú y yo dormimos ahí.

Abrió entonces una puerta interior que daba a un corto
corredor con dos habitaciones a ambos lados, un baño y el
cuarto que yo iba a ocupar.

En ese cuarto había tres colchonetas de paja apiladas en
el suelo debajo de una ventana.

—Rosa, tú puedes dormir ahí —dijo Raimundo.

Miré las colchonetas, vi que estaban en buen estado, y dejé las cosas que llevaba en mi perraje en el suelo, junto a ellas.

De una de las paredes de la habitación colgaban unos adornos y, arrimada a ella, había una mesa cubierta con un paño blanco sobre la que ardía una candela negra.

—Es un altar —dijo Raimundo—. Ve a verlo si quieres.

Me acerqué a él, con Tío pegado a mis talones. La vela negra ardía dentro de un vaso de cristal, alto y grueso. Por encima del vaso había seis billetes norteamericanos de un dólar clavados con tachuelas a la pared: estaban dispuestos en torno a un gran póster de un hombre delgaducho vestido con un traje rojo, blanco y azul y un sombrero muy alto, que señalaba al mundo con un dedo huesudo. A lo largo del borde de la mesa se alineaban cinco puros, y una canasta con bolas de aromático incienso de copal.

Tío señaló los puros y dijo:

—¿Fumas?

—Alguno compartimos el santo y yo —respondió Raimundo.

—¿Qué santo es? —pregunté.

No sabía si deseaba dormir en ese cuarto, con ese santo mirándome fijamente y señalándome con el dedo.

—Es Santo Sam —respondió Raimundo—. Hablo con él por la mañana y por la noche. Cuando esto ocurra, tendrás que esperar fuera de la habitación, lo siento. Además esa vela que está frente a él debe permanecer encendida todo el tiempo, día y noche. Si la apagas, te cortaré la nariz.

No supe si hablaba en serio. Por si acaso contesté:

—No la tocaré.

Tío preguntó a Raimundo cómo era que Santo Sam se había convertido en su santo.

Raimundo contestó que elegir un santo era algo muy personal. Tus sueños te decían cuándo necesitabas un santo y cuál, pero que era algo de lo que no se debía hablar mucho. Sabía, no obstante, que Sam era un tío, y el santo principal de EE.UU. y que EE.UU. era el país más rico del mundo, así que Santo Sam tenía que ser muy poderoso, y lograba enriquecer a la gente. Había fijado con tachuelas los billetes de dólar para que Santo Sam no se distrajera y fuera a olvidar lo que se suponía que debía conceder a cambio de tantas atenciones que recibía.

Tío dijo que, por lo que a él concernía, no creía en santos cristianos, pero que mucha gente era devota de San Judas Simón cuando se trataba de asuntos de dinero.

—¿Ése? —contestó Raimundo—. Fue el que en vida vendió a Jesús por treinta monedas de plata, así que la gente que le reza piensa que hará cualquier cosa, que no tiene límites. Olvidan que después se ahorcó.

—No lo sabía —respondió Tío, con el ceño fruncido. Pude ver que lamentaba las candelas que le había encendido a San Judas Simón.

Nos dirigimos de nuevo a la sala principal. Raimundo dijo que había preparado cena para nosotros y levantó un paño bajo el cual había diversos recipientes que contenían arroz y frijoles, tacos abiertos con lechuga, remolacha, atún y huevos duros; había también una gran jarra llena de fresco de papaya.

—¿De dónde ha salido todo esto? —preguntó Tío.

Raimundo sacó platos y vasos del aparador y respondió:

—Dolores. Yo le pago y ella se encarga de traerme la comida todos los días.

Todo estaba delicioso y abundante.

Después lavé los platos en una pequeña pila en el patio trasero. Raimundo prendió una luz exterior para que yo pudiera ver.

Cuando entré con los platos limpios, había Coca-Cola, ron y vasos sobre la mesa. Tío cortaba unos limones verdes.

Raimundo me preguntó si me gustaba el ron. Respondí que no lo sabía.

—¡Hay un modo de saberlo! ¡Las señoras primero! —Raimundo puso la mano en mi vaso, pero Tío lo detuvo.

—Rosa es demasiado joven.

—¿Demasiado joven? ¿Una patoja bonita como ella? ¡Si casi tiene edad como para casarse!

—No puede casarse hasta los catorce años —respondió Tío.

—Yo no quiero casarme —contesté.

—Bien que querrías casarte conmigo si pudieras —dijo Raimundo, presumiendo. Me llenó el vaso de Cola-Cola con un floreo.

Intentaba ganar territorio: es lo que dicen las patojas

cuando un hombre presume de lo importante que es. Nadie antes se había comportado de ese modo conmigo. Era interesante pero me dio miedo y dije:

—Ra-Raimundo, no me interesa casarme con usted, es muy viejo.

Raimundo se rió como si yo hubiera dicho un chiste bueno. Tío, encantado, dijo triunfalmente:

—¿Lo ves?

Raimundo ignoró las palabras de Tío y las mías con un gesto de la mano. Echó algo más de Coca-Cola en mi vaso, y ron y Coca-Cola en el suyo y en el de Tío.

Hizo un brindis por los tres, porque éramos socios, y dijo:

—Todos para uno y uno para todos —y entrechocamos los vasos.

Raimundo y Tío tomaban sus bebidas a sorbos, exprimiendo limón verde en ellas de vez en cuando. Yo me bebí mi Coca-Cola. Raimundo me preguntó si me gustaba la música.

Respondí que sí, aunque sabía que a Tío no le agradaría mi respuesta. Decía que la música era para las ovejas.

Raimundo dijo que iba a poner una cinta especial para mí, una cinta con música de Argentina.

Yo le pregunté dónde quedaba ese pueblo, Argentina, y me dijo que no era un pueblo, sino un país al sur, el último país antes del polo sur, donde el mundo se vuelve hielo. Aunque insistió que allí, muy al sur, el mundo se vuelve hielo, lo dijo con una expresión tan seria, que pensé que quizás bromeaba.

—Lo que vas a oír, querida Rosa, es música de acordeón —dijo—. Es música hecha con una caja plegable que el intérprete estira y encoge.

"¿Cómo se podrá tocar música con una caja plegable?", me pregunté.

Raimundo metió la cinta en el radiocasete, pulsó una tecla y la música comenzó: era un extraño ritmo con arrancadas y paradas que nunca había oído antes, una música que fluía de la felicidad al desastre, se deslizaba hacia la tristeza y luego giraba sobre sí misma, volviéndose de nuevo hacia la esperanza.

A veces las palabras hablaban de gentes y lugares que el cantante siempre añoraría, pero que quizá pudiera encontrar de nuevo; y ahí es donde entraba la esperanza. La música me hizo pensar en mis padres y en cómo yo esperaba siempre encontrarlos de nuevo, incluso aunque pareciera que no tenía ninguna posibilidad de ello.

—Estas canciones son tangos —dijo Raimundo.

Me gustó la palabra. Tangos.

Toda la música que solía oír era marimba, la música popular de Guatemala. En la marimba todo parece decir siempre: "sé alegre y risueño, todo va bien, y lo que no va bien es mejor olvidarlo".

El tango tenía una voz diferente: no decía que todo fuera bien, si no que mezclaba esperanza y dolor y amor y culpa hasta que no sabías cuál era qué. Me hacía sentir todas esas cosas. Me hacía sentir demasiado y, por eso, quería seguir escuchando la música siempre.

—¡Baila conmigo! —dijo Raimundo, y antes de que pudiera decir que no, me agarró por los hombros y me levantó de la silla.

—¡Nunca he bailado con nadie! —respondí—. No sé bailar.

—Yo te enseñaré —contestó Raimundo y me empujó hacia el centro del cuarto.

—Tus pies siguen a mis pies: tres pasos hacia atrás y entonces ¡*inclínate*! —dijo. Quería que me doblara hacia atrás, pero no lo hice.

—Eres ligera como una pluma, pero tienes el cuerpo de plomo. ¡Cómo un tronco de árbol! ¡Es imposible, no puede ser! Lo intentaremos de nuevo. Te guiaré de espaldas. ¡Uno, dos, *tres*! ¡No puedes caerte, yo te sujeto, inclínate hacia atrás!

Tenía su mano en mi cintura; yo me incliné contra ella.

—¡Bien! ¡Y ahora vamos hacia delante… gira!

En cierto sentido me sentí como cuando era pequeña y mi padre me hacía volar por el patio, excepto que esto era diferente y más peligroso.

—¡Ahora hacia delante!

Pensé que hacia delante sería más fácil, pero estaba equivocada, porque tenía que dar pasos a la carrera sin pisar los pies de Raimundo.

Raimundo le dijo a Tío que yo tendría que tomar un poquito de ron, sólo una gotita para que me relajara, pero Tío contestó que no.

Estábamos en el centro de la habitación. Raimundo dijo:

—Limítate a olvidarte de todo y siente la música.

Yo sentía su vaivén, su ondulación.

—Y ahora —continuó Raimundo—, lo que tienes que hacer es olvidarte de que eres una patoja. Olvídate de que soy un hombre. Hemos dejado de ser esas cosas. Yo soy el viento y tú eres una hoja. Puedes girar, puedes volar, eres una hoja.

—Adelante, uno, dos, tres, eres una hoja, no un tronco. Inclínate.

Yo me incliné, y de repente, como por arte de magia, estaba bailando. Bailando el tango, atrapada en los recortes y en los giros repentinos, en su balanceo. Había desaparecido casi la sensación de incomodidad: me sostenían los brazos de Raimundo, lo que no era mala cosa, porque su apoyo me permitía bailar como si el tango no tuviera nada que ver con que me sujetara o me apretara contra él en ocasiones. El tango no era ni sobre él ni sobre mí, en realidad: era sobre la vida. Sobre su belleza y su tristeza. La tristeza de alguna manera hacía que la vida fuera incluso más hermosa, y la música de tango era la más hermosa de todas las músicas, tan bella que pensé que algún día podría casarme con un hombre que bailara tango, pero no con Raimundo, porque era demasiado viejo.

17

Santo Sam y yo en la oscuridad

Durante todo el tiempo que estuvimos bailando, Tío se quedó sentado en su silla mirando sus zapatos, con aire resentido. Cuando la última pieza terminó, Raimundo me dio un besito en la mejilla, como si fuera un beso de brisa, y dijo que me estaba convirtiendo en una bailarina muy buena; Tío, sin embargo, con el ceño fruncido apagó el radiocasete y, sin ni siquiera preguntarnos, sacó mis mantas de la vieja maleta negra. Había bailado más que suficiente, dijo, y era hora de que me acostara.

Las colchonetas eran gruesas y nuevas, exhalaban un fresco olor a vegetal y no tenían chinches, pero yo no estaba acostumbrada a dormir en alto. Cuando me daba la vuelta, se movían hacia un lado o hacia otro y me parecía como si fuera a caerme.

Miraba la candela que ardía en frente de Santo Sam. Su llama oscilaba y saltaba dentro del vaso, tiñendo con un resplandor naranja el huesudo dedo del santo. Me señalaba directamente a mí.

Hubiese querido apagar la candela de un soplo, pero no me atreví. Además no hubiera estado bien: nos alojábamos en casa de Raimundo y él se había portado bien conmigo.

En la habitación delantera, Tío y Raimundo brindaban por la amistad. No presté atención a lo que hablaban hasta que oí que Raimundo mencionó mi nombre.

Raimundo decía que yo parecía una niña tranquila, y Tío contestó que sí, que era tranquila y que además podía quedarme absolutamente inmóvil durante horas, lo que siempre resultaba difícil para un niño. Raimundo preguntó entonces si yo era de confianza, y Tío dijo que sí; Raimundo preguntó después que si yo era lista y Tío dijo que no. No me dolía escuchar esto porque doña Celestina había dicho lo contrario, aunque, en mi opinión, Tío estaba en lo cierto. Había sido lista cuando era pequeña, cuando vivía con mis padres, pero ya no.

Raimundo preguntó si era honrada. Tío dijo que sí y Raimundo preguntó entonces que si con todo el mundo. Tío volvió a contestar que sí y Raimundo suspiró y dijo que era una lástima.

Raimundo preguntó entonces si yo creía todo lo que Tío me contaba y Tío volvió a asentir diciendo que, desde luego, ella cree todo lo que le digo; Raimundo respondió que estaba muy bien y que eso era una solución.

Entonces se pusieron hablar de los viejos tiempos del

ejército y oí cómo sus voces se elevaban, descendían y se iban haciendo progresivamente más altas según bebían más. Al principio no pude entender lo que decían, ni siquiera teniendo en cuenta que conocía las palabras.

—¡Teníamos que mostrar las orejas! —dijo Raimundo en voz alta y luego bajó la voz y añadió—: uno hace su trabajo y luego tiene que llevar orejas que se pudren en el calor durante días.

Tío contestó:

—Recuerdo La Hortensia…

Y siguió hablando en voz muy baja. Las únicas palabras que pude escuchar eran La Hortensia, La Hortensia, La Hortensia, que salía en la conversación una y otra vez.

La Hortensia: la granja donde había muerto el esposo de doña Celestina.

Pero quizá se tratara de otro sitio, de un lugar diferente, y ni siquiera fuera una granja. Si acaso lo era, Tío jamás había estado en ella, y hablaba por hablar. Pero me entró mucho miedo, mucho miedo de que hubiera hecho algo que no quería que yo supiera, así que me cubrí la cabeza con la manta, no fuera que Tío entrara en el cuarto; me daba miedo pensar en lo que podría hacer si se daba cuenta de que no estaba dormida.

Me moví un poquito y las colchonetas hicieron un sonido como de mazorcas secas de maíz metidas en un saco. Pero tuve suerte: Tío no entró, así que probablemente no lo oyó. Me metí los dedos en los oídos para no oírlos, ni a él ni a Raimundo. Intenté olvidar.

18

Cosas agradables

Sólo quería pensar en cosas agradables. Por ejemplo, en el baño de Raimundo, donde yo estaba en ese momento.

Tenía un pasador en la puerta. Muy lindo. También el jabón era lindo: no era jabón de lavar, ceroso y redondo, de color naranja, como el que Tío y yo usábamos para todo, que guardábamos húmedo en la maleta, que al día siguiente se notaba un poco arenoso y que parecía un güicoy.

Era jabón especial, una barra de color rosado que olía a rosas. Y junto a él había una botella de plástico que contenía algo muy agradable también, un jabón especial de color dorado para pelo llamado champú. Lo había visto vender en los mercados, pero jamás lo había usado.

El agua salía tibia de la ducha, como si hubiera estado recibiendo los rayos del sol. Usé muchísimo jabón rosado, jabón que se llevó la lluvia que caía de la ducha. El champú dorado olía como capullos de manzana y se volvía blanco y suave y espumoso en mi pelo.

Tenía una toalla sólo para mí, una toalla que olía a limpio, como a sol brillante.

Había también un gran espejo de cuerpo entero. Nunca había visto un espejo tan grande antes, ni nunca me había visto entera; sólo mi cara en ocasiones, cuando me miraba en los retrovisores de las camionetas.

En el espejo de Raimundo pude verme completamente. En la base del cuello tenía una hendidura, justo donde solía pensar que estaba el demonio. Nunca lo había sabido.

Mis brazos y piernas eran largos y delgados. No tenía el pelo crespo, no de la forma que te lo deja el jabón de lavar. Caía recto, como lluvia oscura, casi hasta mi cintura.

Me contemplé en el espejo. Mis ojos me devolvieron la mirada con una luz de orgullo que jamás había visto en ellos. Intenté que mi mirada fuera humilde, muy humilde, porque pensaba que era lo que querían Raimundo y Tío, pero no pude hacer que el orgullo desapareciera. Y sin embargo yo no me sentía así. ¿De dónde venía esa mirada? Parecía que hubiera otra persona dentro de mí, alguien que yo no conocía y que me contemplaba desde mis ojos. Me gustaba, pero me daba miedo.

Me vestí. Cuando salí a la habitación de delante, una mujer que debía de ser la hermana de Raimundo dejaba una canasta en el suelo. Llevaba un hermoso huipil rojo bordado con sedosos gatos violetas de patas suaves y colas orgullosas.

—Aquí está Rosa —dijo Raimundo—. Rosa, Dolores.

—Un placer —dijimos ambas, mientras ella recogía las botellas vacías de ron y las metía detrás de la puerta.

Ella me recordó también a un gato: calmada, fría y nada ansiosa por hacer amistad.

La mayoría de las mujeres que yo había visto hacían las cosas con movimientos pequeños, achicándose para no ocupar demasiado espacio, como si quisieran mostrar a los hombres que no les iban a dar molestia alguna ni iban a interponerse en el camino de nadie.

Dolores, por el contrario, ocupaba mucho espacio. Cuando descargó la canasta, Tío e incluso Raimundo retrocedieron para no estorbarla.

Sacó tortillas calientes envueltas en un paño, un plato de puré de frijoles negros convertidos en una hogaza aterciopelada y una sartén de chilaquiles, huevos revueltos mezclados con tortillas fritas y trocitos de picantes pimientos jalapeños. Yo saqué platos y cubiertos del aparador. Tío, Raimundo y yo nos sentamos a desayunar.

Tío probó los chilaquiles y le dijo que estaban deliciosos.

Ella le dio las gracias con aire frío y se quedó de pie mirándonos comer. Mirándome sobre todo a mí. Me puso nerviosa.

—¿Estás cómoda aquí, Rosa? —preguntó.

Estaba en una casa con techo y casi con una habitación propia y un baño de verdad. Casi todo era magnífico. Yo no me atrevía a decir que no estuviera cómoda: verdaderamente lo estaba muchísimo.

—Se encuentra muy bien aquí —dijo Tío antes de que yo pudiera contestar, y añadió—: está en el paraíso.

—También tiene su privacidad —dijo Raimundo—. Su propio cuarto.

—¿Compartido con tu santo?

—A Rosa no le importa. ¿Verdad, Rosa? —contestó Raimundo.

—No me importa.

—Un altar al dinero, eso es lo que tienes —observó Dolores.

Raimundo atacó su ración de huevos con el tenedor y contestó:

—El dinero es la libertad.

—Para ti —respondió Dolores—. Para mí la libertad es el trabajo.

—¡La loca! —murmuró Tío y le cayeron unos cuantos huevos revueltos de la boca, tan sorprendido le había dejado. Le pidió disculpas por haberla llamado loca, dijo que se le había escapado sin poder evitarlo.

—No te preocupes —contestó Dolores encogiéndose de hombros. Recogió los platos de la cena de la noche anterior y los puso en el cesto. Se volvió entonces hacia mí haciendo oscilar la canasta en su mano y dijo:

—Rosa, te agradezco que lavaras los platos. ¿Quizá podrías venir esta noche a mi casa y ayudarme a traer la cena?

—No puede —dijo Raimundo, estirándose para tomar una tortilla—. Va a estar ocupada.

—¿Cómo? —preguntó Dolores.

Raimundo dejó caer la tortilla en su plato, se inclinó hacia Dolores y dijo:

—¿Nuestros asuntos son tus asuntos? ¿Eres tú quién cuida de mí?

—¿Crees que aceptaría encargarme de ese trabajo? —contestó Dolores.

Raimundo frunció el ceño y Dolores se echó a reír. Recogió el paño dorado con que cubría el cesto, lo dobló en forma de rosca y se lo colocó en la cabeza. Luego se colocó la canasta encima.

—Adiós —dijo—. No compren todo el licor del pueblo.

Bajó los escalones sin que la canasta se moviera un ápice.

Raimundo la siguió con la mirada, entrecerrando sus ojos de tecolote, e hizo un gesto de alguien que corta un cuello.

—¿No te lo dije, Baltasar? ¡Nariz larga, lengua larga! ¡Cómo me hace sufrir!

Después del desayuno hice todo el trabajo que pude para agradecerle a Raimundo el que me hubiera dado un lugar donde estar. Limpié toda la casa; incluso barrí el sendero.

Tío y Raimundo me contemplaban sentados en los escalones.

—¡Qué limpia y aseada! —comentó Raimundo—. Una damita de gran ayuda.

—No es nada —dije.

—Ahora puedes ir a jugar.

Me reventó que Raimundo dijera eso, como si fuera una

niña. Además, ni siquiera cuando era muy pequeña, Tío me decía que fuera a jugar: no sabía cómo. Tío dijo entonces:

—Vete. Tenemos cosas de qué hablar.

Me quedé de pie, mirándolos y sujetando la escoba. No quería marcharme, pero no podía decir que no.

Raimundo rebuscó en uno de sus bolsillos y dijo:

—Esas sandalias que llevas te están muy ajustadas, ¿no? Ve a comprarte unos zapatos. Y vuelve a las cuatro, no antes.

Me dio sesenta quetzales como si no fueran nada para él.

—Cómpratelos grandes o te quedarán chicos en una semana —aconsejó Tío.

—Sí, Tío. Gracias por el dinero, Raimundo.

Raimundo respondió haciendo una mueca:

—Ya te lo ganarás.

19

Cebollas

En el mercado me compré un par de brillantes zapatos negros con grandes botones de perla de plástico encima de los dedos. Me los puse y arrojé mis viejas sandalias a un bote de basura. Los zapatos nuevos me hacían más alta. Me sentía elegante como para andar sobre un arco iris.

La gente debía de pensar que era rica. En los atestados pasillos del mercado los vendedores se dirigían a mí gritándome "¿bananos, cariño?" o "¿chorizos, mi princesa?". Los vendedores me hablaban así en el mercado de San Sebastián, y ni siquiera podían verme los pies.

Y entonces me caí del arco iris. En un minuto me parecía tan agradable cómo me hablaban y en el siguiente me sentí intranquila, y lo único que quería era escaparme de allí, escaparme de toda esa atención tan rápido como pudiera en mis brillantes zapatos recién estrenados.

No estaba acostumbrada a tener cosas y de repente me encontraba con un montón: jabón, duchas de agua caliente, zapatos, comida, una casa donde vivir.

Había sido pobre durante mucho tiempo, exactamente como si hubiera sido creada a propósito para serlo. Ahora Dios o Mundo o algún otro espíritu iba a notar mis zapatos. Ese espíritu se daría cuenta además de que vivía en una casa, de que tenía bastante para comer y me diría:

—Éste no era el plan que teníamos para ti —y descendería con un rugido para llevárselo todo, dejándome peor incluso de lo que había estado antes.

—¡Princesa bonita, ven aquí! Reinecita, ¿no quieres apio?

Miré las montañas que ascendían detrás del mercado y vi un estrecho sendero que subía por ellas. Corrí hacia allí.

Mis zapatos nuevos y el ruedo de mi corte se cubrieron de polvo. Las familias que bajaban de la montaña pasaban por mi lado, descalzas, o en sandalias fabricadas con gomas viejas de ruedas de automóvil. Llevaban enormes cargas sobre su cabeza, cosas que pensaban vender en el mercado de San Sebastián.

Me daban los buenos días, pero no me llamaban princesa, ni reina ni nada parecido; no me miraban los pies.

Seguí subiendo. Mis zapatos nuevos me hacían daño, así que me los quité y los envolví en mi perraje. Llegué hasta una gran roca, donde me senté con el corazón latiéndome fuerte.

Todo era tranquilidad allí: los ásperos ruidos de San

Sebastián —las bocinas de las camionetas, los gritos de los vendedores— subían hasta allí como el tintineo de pequeñas campanas.

Podía ver el pueblecito hasta el lago mismo y justamente fuera de éste, la ciudad de los muertos: el cementerio con sus tumbas que parecían pequeñas casitas pintadas de azul, de amarillo, de rosado, de rojo y de verde.

Ahora ya sé cómo salir de este pueblo, pensé, en caso de que Tío decida ser ciego de nuevo y quiera que lo guíe.

Este pensamiento me hacía sentir bien, me resultaba agradable casi, hasta que, sin querer, mi mente empezó a repetir "La Hortensia, La Hortensia", como si se tratara del latido de mi corazón.

A fin de detenerlo eché a andar. Fui andando descalza hasta el lago, atravesando una calle atestada de turistas y gentes que les vendían todo tipo de cosas. Pasé por muelles donde la gente del pueblo y los forasteros subían y bajaban de grandes lanchas blancas. Subí por un sombreado camino con naranjos a los dos lados y llegué hasta el límite del pueblo, donde había un puente amarillo que cruzaba un estrecho río.

De repente, todo lo que pude oler fueron cebollas, deliciosas cebollas, como si alguien estuviera friendo un millar. Junto al puente había un campo y en él una familia —la mamá, el papá, la hija, el hijo y el bebé— recolectaba cebollas, las lavaba en el arroyo, y las ataba en manojos con cuerdas fabricadas con hojas de izote.

Pregunté si podía ayudarles.

—No podemos pagarte —contestó el padre.

Yo respondí que no quería cobrar nada, que lo único que quería hacer era ayudar.

El padre me miró con expresión de sorpresa, pero dijo que de acuerdo.

Me senté junto a la hija, que me dijo que se llamaba Elena. Me enseñó cómo hacer los manojos, y cómo convertir en cuerda las duras hojas de izote, despojándolas de sus bordes, que podían cortarnos las manos.

Resultaba muy agradable estar allí con ellos, todos sentados, con montones de cebollas a nuestro alrededor y los verdes tallos extendidos como plumas. El bebé se alimentaba del pecho de su madre cuando quería, o se cubría los ojos con tallos de cebolla y nos observaba a través de ellos.

Cuando llegó la hora de almorzar, la familia compartió su comida conmigo. Me hicieron olvidar el miedo. Me quedé con ellos hasta que supe que había llegado el momento de partir.

20

El juego

Me puse los zapatos nuevos justo antes de llegar a la puerta.

Tío y Raimundo levantaron la vista cuando entré. Me levanté el corte unas pulgadas por encima de los tobillos para que pudieran verme los zapatos, pero no prestaron atención alguna.

Tuve que decir "¡Miren mis zapatos nuevos!" para que Tío mirara; Raimundo ni siquiera se molestó. Se inclinó hacia mí arrugando la nariz.

—¡Diablo! ¿Qué es ese olor?

—Cebollas verdes —contesté.

—¡Pero qué hiciste! ¿Te revolcaste en ellas?

—Ayudé a una familia a recogerlas —contesté—. Sólo quería ayudarles, eso es todo.

Raimundo me levantó las manos y dijo:

—¡Tienes las manos verdes!

—Un poquito —contesté.

Dejó caer mis manos y dijo:

—¡Ensuciándote por ahí cuando hay tanto trabajo que hacer! ¡Cámbiate de ropa y lávate!

—De acuerdo —dije, y me dirigí al baño.

—¿Dónde vas?

—A lavarme —respondí.

—El jabón de olor que hay en el baño no es lo bastante fuerte para quitarte la porquería que traes —dijo—. Usa el jabón de la ropa y lávate en la pila.

—¡Ten cuidado! —advirtió Tío—. Hay un animal feroz suelto.

—El perro no es feroz, Baltasar —dijo Raimundo—. Simplemente reacciona según lo trates. ¡Pero no se te ocurra tocarlo, Rosa! El olor a perro no mejorará tu estado.

Yo me sentía como si fuera a estallar en sollozos de un momento a otro por el modo en que me hablaba. Me di la vuelta para que no me pudiera ver la cara y, una vez afuera, apoyé la espalda contra el costado de la casa y lloré.

El perro estaba amarrado con una cuerda, y se puso a dar saltos y a ladrar como loco.

Supuse que Raimundo me culparía por el escándalo que el animal montaba, así que le dije que se callara. Dejó de ladrar y se puso a gemir. Era una perra, una *collie* color café muy grande con el pecho color crema, de pelo largo y brillante. Llevaba un collar azul de cuero y un trozo de correa cortada colgando de él.

Puse agua de la pila en un cuenco y lo dejé donde el animal podía alcanzarlo. La perra metió el hocico en el agua y empezó a lamer. El agua le goteaba de la nariz. No parecía feroz, parecía agradecida.

Me lavé en la pila hasta que sentí irritada la piel de mis manos y entonces entré y me cambié de ropa. Raimundo, sin embargo, dijo que el olor a cebolla no había desaparecido por completo. Me ordenó que le pidiera un poco de perejil a Dolores de su huerta pero que no hablara con ella.

Dolores vivía en la misma calle, unas cuantas casas más abajo. Llegué hasta su puerta y llamé.

—Buenas tardes. Raimundo quiere un poco de perejil —dije.

Esperé que no fuera demasiado hablar. No veía cómo podía pedirle perejil sin hablar.

Entramos en la pequeña huerta que tenía en la parte de atrás, donde arrancó unas cuantas ramas y me preguntó qué había estado haciendo.

—Nada —le dije.

—¿Nada? —repitió—. ¡Estás en este gran pueblo, que es nuevo para ti, y no haces nada! Pues bien, ¿qué vas a hacer?

—Nada —dije de nuevo.

Me miró, intentando averiguar si estaba siendo grosera o si sencillamente era idiota.

—Se supone que no tengo que hablar con usted —dije.

—¿Por qué?

—No lo sé, sólo que se supone que no debo.

—¿Quién lo dice?

—Raimundo.

Dolores respondió con un suspiro:

—Te hablaré *yo a ti*, entonces.

Todavía no me había dado el perejil. ¿Cómo podía negarme?

—Pero si repites lo que te voy a decir, negaré haberlo dicho. Así que no te vayas de lengua, ¿entendido?

Asentí con la cabeza.

—Rosa... ¡ten mucho cuidado con mi hermano! Es apuesto y listo, y puede ser encantador, pero la única persona a la que ama en este mundo es a sí mismo.

Deseé que no lo hubiera dicho. Quizá no fuera cierto, en cualquier caso. Una vez que mis manos dejaran de oler mal, lo que era culpa mía, Raimundo volvería a ser agradable.

Dolores me puso el perejil en la mano, me acompañó hasta la puerta y dijo:

—Ten cuidado, Rosa, es todo lo que puedo decir. No hagas nada que no quieras hacer. Y no hagas tampoco algunas cosas que podrías querer hacer.

No entendí lo que había querido decir. Dolores debió verlo en mi rostro, porque añadió:

—Lo que quiero decir es que si se te ocurre acercarte a Raimundo no lo hagas. Porque incluso si te esfuerzas no serás capaz: no te lo permitirá.

Tomé el perejil para llevárselo a Raimundo. Se me ocurrió que quizá quisiera olerlo para dejar de oler a cebolla, pero no se trataba de eso. Me tendió una taza con azúcar y me dijo que me lavara las manos de nuevo con agua, azúcar y el perejil, lo que me libraría del olor a cebolla.

Durante todo el tiempo en que estuve lavándome, la perra siguió gimiendo; sentí lástima de ella. También sentí lástima por mí.

Cuando volví a entrar, Raimundo y Tío continuaban sentados a la mesa. Cuando me acerqué hicieron como que me olfateaban y dijeron que al fin se me había quitado el olor a cebolla y Raimundo me dio un poco de loción para las manos. Casi no olía a nada, pero tenía una textura muy agradable.

—Ahora tus manos hacen juego con tus nuevos zapatos —dijo Raimundo—, suaves y brillantes, listas para trabajar.

¿Intentaba ser agradable o todo lo contrario? No estaba segura.

—Necesitarás practicar para tu primer trabajo —dijo Tío—. Es como un juego.

Sonaba divertido. Nadie jugaba jamás conmigo.

—¿Lista? —dijo Raimundo y se puso en pie. Sacó del bolsillo trasero de su pantalón una libreta delgada encuadernada en azul, la hizo revolotear frente a mi cara y la volvió a guardar en el bolsillo.

Se cubrió los ojos con las manos y me retó a que la sacara rápidamente de su bolsillo sin que él se diera cuenta.

No parecía muy difícil. Mantuve la mano muy plana y me limité a utilizar los dedos índice y medio. Pensé que lo había hecho con cuidado, pero Raimundo dijo que lo había notado.

Lo repetí.

Tío empezó a darme consejos diciéndome que me acercara a Raimundo lo más posible, que me colocara casi junto a su brazo y que le tocara el hombro con mi otra mano para distraerlo.

Raimundo dijo que lo estaba haciendo mejor, pero comentó que quizá se estaba volviendo demasiado sensible a mis movimientos, y que ahora debía intentar sacar la libreta del bolsillo de Tío.

Tío llevaba unos pantalones holgados, no vaqueros como Raimundo; saqué la libretita del bolsillo de Tío a la primera sin que notara absolutamente nada. Comentó que lo había hecho muy bien.

Raimundo dijo que nosotros, los socios, debíamos sentarnos y hablar. Sirvió Coca-Cola para los tres y dijo que yo era una patoja inteligente con mucho talento. La noche anterior tal afirmación me hubiera encantado, pero ahora no.

Abrió la libretita para que pudiera verla y dijo:

—¿Sabes lo que es esta libretita?

—No —respondí.

—Bien, todos los extranjeros que vienen traen una libretita como ésta.

—¿De verdad? —dije yo.

Realmente me daba igual.

—Sí.

—Se supone que tienen que llevarla encima todo el tiempo —dijo Tío—. Se llama pasaporte. Les otorga permiso para visitar distintos países y volver al suyo.

—¿Sabes lo que es un país, no? —preguntó Raimundo.

Le dije que sí y añadí:

—Hay muchos en el mundo, Guatemala es un país, Estados Unidos es un país, México también es un país y... ¿California quizá?

Ya no me gustaba él, pero no pude reprimir el deseo de lucirme para agradarle.

—Podría ser —respondió Raimundo y tomó un sorbo de su Coca-Cola.

—Los extranjeros que llegan en las lanchas por la mañana vienen de muy lejos. Vienen en grandes embarcaciones a través del océano Pacífico hasta la costa de Guatemala y luego toman autobuses hasta el lago y, por último, embarcaciones pequeñas hasta San Sebastián. Por ley están obligados a llevar su pasaporte con ellos, por lo general en un bolsillo. En el bolsillo del pantalón o a veces en el de la chaqueta. Puedes ver un pequeño bulto donde lo guardan.

Se puso la chaqueta negra de vestir y colocó el pasaporte en los distintos bolsillos para que yo pudiera reconocer el contorno del pasaporte.

—Bien, Rosa, como seguramente ya sabes, el mundo es injusto. Las personas afortunadas tienen pasaportes, pero hay mucha gente a quien le gustaría tenerlos pero no puede conseguirlos. No pueden viajar y conocer el mundo en absoluto.

—Una lástima —respondí. En realidad no podían preocuparme menos los desafortunados que no tenían posibilidad de ver el mundo. Por lo que a mí respecta, seguro que tampoco iba a poder verlo.

Tío dijo entonces:

—Si un extranjero pierde su pasaporte aquí, en San Sebastián, no tiene ningún problema, porque puede conseguir uno nuevo prácticamente gratis.

—¿Quién se lo da? —pregunté.

Raimundo suspiró y contestó:

—El gobierno de su país.

Dobló el pasaporte e hizo pasar las hojas rápidamente como si se tratara de las cartas de una baraja. Bebí un gran sorbo de Coca-Cola de mi vaso. Se me ocurrió pensar entonces en la perra atada fuera y que probablemente tendría sed de nuevo.

—Pero ese pasaporte que el turista pierde... ¡presta atención, Rosa!, ¡y no te tragues la bebida de un golpe!... tiene valor. Otros pagarán mucho dinero por él. Así que ayudar a que alguien pierda su pasaporte y ayudar a que otro lo consiga es una forma de obtener dinero y hacer el bien.

Raimundo me sonrió.

—Déjaselo ver —dijo Tío.

Raimundo me tendió el pasaporte con el que habíamos estado practicando. Tenía una fotografía en color dentro, la foto de una cara. No era la cara de Raimundo.

—La persona que nos compre este pasaporte tendrá que parecerse a la de la foto —explicó Tío—. Ése es el motivo por el que puede usarlo.

—Los pasaportes de las mujeres son buenos también: vale la pena conseguirlos y a veces los llevan en los bolsos, de donde se sacan fácilmente, pero el precio de los pasaportes de hombres es mayor —dijo Raimundo.

—¿Por qué? —pregunté.

—Porque los hombres se meten en más problemas —respondió Tío.

A Raimundo no le gustó esa respuesta y le soltó una mirada severa a Tío.

—Porque los hombres viajan más —dijo.

—Digamos que si tú sacas el pasaporte del bolsillo de un hombre y se lo das a otro estás ayudando a un viajero —dijo Tío—. Y si tú obtienes cinco pasaportes de cinco hombres ese trabajo es suficiente para un año. No necesitarías hacerlo de nuevo durante mucho, mucho tiempo.

—Sería ro-ro-robar —respondí. Podía sentir que el nudo del que doña Celestina me había curado se aferraba a mi garganta.

Cuando era pequeña, mi madre me había dicho que no tocara las cosas de otra gente sin permiso. No las tomes a menos que te digan que lo hagas. En algunas ocasiones, en el transcurso de mi vida, y a causa del hambre, había tomado una mazorca de maíz de un campo o un aguacate de un árbol, pero nunca había robado nada del bolsillo de nadie. Nunca le había quitado nada ni a un viejo, ni a un niño, ni a nadie, jamás. Raimundo dijo con un suspiro:

—Tienes talento, Rosa, y además de eso, dedos pequeños. Tu tío y yo hemos crecido demasiado.

—Podría hacerlo si pido permiso —dije.

Tío hizo una mueca y contestó:

—Yo te doy permiso.

—Yo-yo-yo tendré que pedir permiso a la persona que tenga el pasaporte, que qui-qui-quizá sea amable y quiera ayudar a alguien a conseguir un pasaporte, ¿quién sabe? A-a-así esa persona también podría viajar.

Las sonrisas desaparecieron de los rostros de Tío y de Raimundo.

—Ya te dije que no es lista —dijo Tío.

—Quién sabe —dije—, quizá alguien me dé permiso.

—No puedes pedirle permiso al propietario, Rosa —dijo Raimundo—. Eso no es parte del juego.

—Tú lo que tienes que hacer es sacarlo rápidamente —dijo Tío—. Como practicamos.

—Nosotros tres somos socios, Rosa —dijo Raimundo—. Somos un equipo.

—Siempre has sido una buena niña —dijo Tío—. Siempre me has obedecido.

—Todos para uno y uno para todos —añadió Raimundo.

Yo no podía hablar; me limité a menear la cabeza.

—A mi manera o a la calle —canturreó Raimundo.

—Pagamos y mandamos —añadió Tío.

Volví a sacudir la cabeza; tenía los ojos llenos de lágrimas.

Raimundo removió el vaso de Coca-cola y dijo:

—He oído que jamás has ido a la escuela, Rosa. Si te quedas a vivir aquí, podrás ir. Trabajarás por la mañana, e irás a la escuela por la tarde. Sin problemas.

—Las ovejas que llegan en los barcos son lentas —dijo
Tío—. Nada observadoras. Como la vieja del mercado de
Nebaj, ¿recuerdas? Estarán a mitad de camino de vuelta en
el Pacífico antes de que echen de menos los pasaportes; estarán de vuelta en China, o en Japón, o en California.

—¡Puedes hacerlo, Rosa! —añadió Raimundo—. ¿Qué
dices?

Yo no era capaz de decir nada; ni siquiera pude menear
la cabeza de nuevo. Estaba segura de que el demonio ex-
pulsado por doña Celestina había vuelto a mi garganta.

Raimundo se encogió de hombros y miró su reloj, un reloj de vestir con una correa que parecía hecha de eslabones
de oro, pero quién sabe si era oro de verdad.

—No te preocupes, Rosa —dijo —. Ya nos arreglare-
mos. Ahora es hora de ir a la iglesia. Ése es el motivo por el
que tenías que lavarte tanto. Una persona que va a la iglesia no puede oler a cebolla, ¿no lo sabías?

21

El ratón de la suerte

Un morral de lana con la imagen de un león y las palabras "San Sebastián" bordadas en ella colgaba del hombro de Raimundo. Abultaba como si pesara mucho.

Me pregunté qué habría en ella.

Pasamos junto a Dolores, que regaba las flores de su jardín. Me hubiera gustado saludarla con la mano, pero no pude porque Raimundo me llevaba de una y Tío de la otra.

Dolores saludó con la mano, sin embargo. Raimundo le devolvió el saludo.

Hizo subir y bajar mi brazo con un gesto amistoso.

—Dolores habla demasiado —dijo en voz baja—. No seas como ella. Te pueden ocurrir cosas malas.

Esas palabras me dieron miedo, pero también me enojaron.

Seguimos andando.

—¿De dónde es la perra? —le pregunté a Raimundo.

—La compramos en el mercado —respondió Raimundo.

—Nunca vi a nadie que vendiera un perro tan bonito como ése en un mercado.

—¿Y qué? Hay montones de cosas que tú nunca has visto —respondió Raimundo.

—¿Qué vas a hacer con ella?

—Venderla —respondió Tío.

Dijera Raimundo lo que dijera, nadie vende un perro como ése en un mercado.

Llegamos a la plaza de la iglesia y nos sentamos en una banca de piedra bajo una palmera. Yo, que estaba entre Tío y Raimundo, me sentía como el fino relleno de un sándwich.

La iglesia era mucho mayor que la de Nebaj, con figuras de santos talladas en piedra en los muros exteriores.

No estábamos lejos de la entrada; a nuestra izquierda quedaba una calle que terminaba una manzana más allá en otra calle transversal donde se veía un diminuto parque y un largo edificio justo tras él.

Me habría llevado sólo un minuto correr desde donde nos sentábamos hasta el parque.

Tío miró a su alrededor. Nunca le había oído hacer tantas preguntas como aquella noche.

—Mundo, ¿qué es ese edificio alto que queda justo detrás de nosotros? —preguntó.

—Es el viejo campanario —respondió Raimundo—. Un terremoto rajó la campana, nunca la repararon y terminaron por clausurar la entrada.

—¿Qué es ese edificio de la derecha? —preguntó Tío.

Se refería al edificio que quedaba al otro lado de la plaza de la iglesia donde nos sentábamos. Era un edificio nuevo de ladrillo anexo a la antigua iglesia.

—Es la casa del párroco —respondió Raimundo.

Tío dijo haciendo una mueca:

—¡Vive tan cerca de la iglesia!

—El padre es deportista. Todo lo que le importa es correr —dijo Raimundo—. Se acuesta a las diez todas las noches y duerme como un tronco.

Tío miró entonces al parque que quedaba al otro lado de la calle y preguntó:

—¿Y esa construcción que queda detrás del parque?

—El ayuntamiento y la comisaría.

—¡Esta iglesia está muy mal situada! —respondió Tío.

—Los policías juegan a las cartas toda la noche —dijo Raimundo—. Ni un terremoto los movería.

—Si tú lo dices —respondió Tío con tono dudoso.

—Rosa, ¿has estado alguna vez dentro de una iglesia? —preguntó Raimundo.

—No, nunca —dije yo—. Por lo menos que yo recuerde.

Raimundo dijo que era una lástima que la primera vez tuviera que estar tantas horas, pero cuando tienes que hacer un trabajo para tus socios, tienes que hacerlo.

—¿De acuerdo? —me preguntó clavando sus ojos de tecolote en los míos.

—De acuerdo —respondí yo, pero no me parecía muy claro. Un socio tendría derecho a dar su opinión: yo no era un socio. Era simplemente una patoja a la que mangoneaban.

—Raimundo me ha dicho que hay una imagen muy valiosa en esa iglesia que tiene termitas en la madera —dijo Tío.

—Sí —dijo Raimundo —. Santa María de los Lirios se está haciendo pedazos. Se lo he dicho muchas veces al buen padre pero sencillamente no me escucha.

El buen padre. Quizá fuera realmente bueno, como mi propio padre lo había sido.

—El único modo de salvarla —dijo Tío—, es sacarla en secreto y restaurarla.

—¿Y devolverla? —pregunté.

—Naturalmente —contestó Raimundo mientras sonreía sin apartar los ojos de mí.

Me contaron todo el plan. Tío y él entrarían a rescatar la imagen y yo les ayudaría escondiéndome en la iglesia hasta que hubiera cerrado para después abrirles las puertas de modo que pudieran entrar. Si un guarda me encontraba en la iglesia después de que hubiera cerrado no sería problema porque todo lo que yo tendría que decir era que me había quedado dormida rezando.

—En ese caso —dijo Tío —, vuelves directamente a la

casa y nos lo cuentas. Si no has vuelto a media noche, sabremos que es seguro rescatar la imagen.

Tal como lo decían sonaba fácil.

—En el morral de Raimundo hay cosas para ti —dijo Tío.

Raimundo lo abrió para que lo viera: había un martillo, unos alicates, un destornillador y una sierra. Contenía además una linterna, un cuchillo y un reloj, no de vestir como el de Raimundo, sino corriente. El reloj serviría para que supiera a qué hora debía salir de la iglesia.

Raimundo me explicó cómo usar los alicates y el destornillador. Podría necesitarlos, con el martillo, para abrir la puerta de la iglesia, dijo, si no podía hacerlo con las manos. Cuando saliera de la iglesia, debería dejar el morral y las herramientas detrás. Raimundo rebuscó en los bolsillos de su pantalón y sacó una llave extra de la puerta de su casa y me la entregó. Era un signo de cuánto confiaba en mí, dijo.

Tío dijo que yo siempre había sido obediente y digna de confianza.

—Ésa es la mejor manera de ser —añadió Raimundo.

—Cuando vuelvas a casa, tendrás la cena encima de la mesa esperándote —continuó—. Pero nosotros no estaremos allí, porque nos habremos marchado para rescatar la imagen. Volveremos por la mañana.

No me gustaba la idea de estar sola. Sola en la casa, y sola durante horas en la iglesia. Seguro vieron el miedo en mi cara porque Raimundo me dio una palmada en el hombro y dijo que era una niña muy buena, ayudándoles a rescatar la imagen.

Tío añadió entonces:

—No te preocupes. Las calles de este pueblo son seguras a cualquier hora.

Raimundo añadió con una mueca:

—Gracias a Dios, no hay ni un solo delincuente en San Sebastián.

La iglesia era larga y estrecha, con pequeños vitrales coloreados justo por debajo del techo. Nos dirigimos a un banco vacío cerca de la puerta y nos arrodillamos.

Delante, el altar estaba flanqueado por dos grandes jarrones de flores y largos cirios blancos encendidos en candelabros de plata. Un patojo vestido con ropajes blancos y negros caminaba entre las flores, con un largo apagavelas, apagando las llamas una por una.

Encima del altar había una imagen de Jesús clavado en una cruz con gotas de sangre y rayos de oro que salían alrededor de una corona de espinas. Raimundo habló en voz baja a Tío de modo que la gente que nos rodeaba no oyera nada. La imagen de Jesús estaba muy bien hecha pero era nueva y no tenía valor.

Recorrimos el pasillo lateral de la iglesia, que tenía una hilera de imagenes sujetas a la pared, hasta llegar a una muy bella de una mujer que sostenía un ramo de lirios blancos y llevaba un manto azul con bordes plateados.

—Esta es Santa María de los Lirios —susurró Raimundo—. Tiene como mínimo cuatrocientos años y es obra de un maestro escultor español.

Tío fingió como si entendiera de tales cosas y dijo en susurros:

—Un tesoro, un verdadero tesoro, ¿verdad, Rosa?

Nos movimos rápidamente sin dedicarle a esa imagen más atención que a las demás.

Cerca de la parte delantera de la iglesia llegamos a una pequeña cabina de madera con un tejadillo: parecía una casita dentro de la gran casa que era la iglesia. Raimundo me susurró que era el confesionario. Fuera me había explicado para lo que servía: después de cometer sus pecados, los católicos iban y se arrodillaban, ante una ventanita, para confesarlos y suplicar perdón. El sacerdote que los perdonaba en nombre del Dios cristiano se sentaba dentro de la casita.

Raimundo tocó delicadamente el picaporte de la puerta: estaba sin cerrar, tal como me había dicho que estaría. Cuando la iglesia se vaciara se suponía que yo iba a esconderme ahí. Volvimos a la entrada de la iglesia y miramos las dos sencillas cruces de hierro fijadas con remaches a los paneles de la puerta, y los pesados cerrojos de acero que se corrían cada noche para mantener las puertas cerradas. Raimundo dijo:

—Estupendas piezas. Coloniales.

Tío, que miraba las desnudas paredes circundantes, habló tan cerca del oído de Raimundo que casi no pude oír lo que decía.

—Nada de alambres. Nada de electricidad. Nada de alarmas.

Tío y Raimundo se arrodillaron en el suelo de piedra e hicieron pequeñas reverencias de despedida al Jesús de la cruz. Raimundo me tendió la pesada bolsa.

—Reza por la salud de tu madre, Rosa —susurró Tío en voz alta dirigiéndose a la salida—. Estaremos en el hospital.

Preferí que no hubiera dicho nada sobre mi madre. Deseé que no me hubiera hecho pensar que no la había visto durante años, o que pudiera estar en un hospital.

Me dirigí a un banco cerca del confesionario y me senté en él con las manos cruzadas y los ojos medio cerrados. Un guarda andaba por allí; oía el eco de sus pisadas. Una hora después todo el mundo se había marchado, incluso el guarda, salvo yo.

Me dirigí rápidamente al confesionario, abrí la puertecita y me escondí dentro.

En la oscuridad toqué a tientas una silla, una silla con un cojín; me senté en ella. Justo donde se sentaba el sacerdote.

El confesionario tenía una ventana cubierta por un paño que dejaba pasar un poco de aire, pero no demasiado. El pequeño espacio olía a incienso y a rancedad y a paciencia y a sudor. En la oscuridad flotaban viejos pecados.

Me resultaba difícil respirar. Me senté sin moverme, sin hacer ningún ruido.

Oía el eco de pisadas sobre el suelo de piedra que rebotaba en los muros.

—¡Todos fuera! ¡Cerramos! ¡Cerramos!

Si el guarda había estado atento, sabría que no me había ido. Abriría la puerta del confesionario muy pronto. Entonces yo tendría que fingir que me había quedado dormida en un lugar donde se suponía que no debía estar.

Oí el golpeteo de sus zapatos en el suelo, que se acercaban. Luego pasó de largo. Por fin, oí el golpe sordo de las puertas de entrada al cerrarse y los cerrojos que se corrían.

Raimundo me había dicho que el guarda saldría por una salida lateral. Oí también el ruido de esa puerta más pequeña al cerrarse y al asegurarse con la llave.

Estaba sola.

Busqué a tientas la linterna en la bolsa de Raimundo y la encendí sobre el reloj. Eran las 11:10.

Se suponía que me quedaría escondida en el confesionario hasta medianoche, pero no pude soportarlo. Abrí la puertecilla del confesionario y salí. Velitas minúsculas titilaban en pequeños recipientes de cristal rojo sostenidos por un bastidor metálico, en la parte delantera de la iglesia. De ahí llegaba la única luz.

Oí un sonido chirriante y encendí la linterna. Su rayo reveló un ratoncito, que atravesó corriendo el pasillo y desapareció detrás del altar.

Posiblemente tuviera allí su casa.

Me acerqué cuanto pude a Santa María de los Lirios. Iluminé con la luz de la linterna las compasivas líneas de su boca y después sus extraños ojos azules, el ramo de lirios de su cinturón y las delicadas manos blancas de largos dedos que tendía hacia mí.

Parecía estar viva. Todas las imagenes tienen una cierta vida en ellas, o por lo menos, así lo cree mucha gente.

Pero Raimundo y Tío habían dicho que estaba llena de termitas.

Busqué señales de ellas. Si una imagen de madera tiene termitas se sabe. En primer lugar, están los agujeritos que hacen en la madera. Luego, con el paso de los años, desaparecen trozos de la pieza, con su pintura y todo. Pero Santa María de los Lirios estaba perfecta: sus labios, sus ojos, sus manos, el ramo de lirios y el azul de su manto. La pintura parecía antigua y tenía pequeñas rajaduras, pero no había agujeros. Ninguno.

La miré a los ojos. Le hablé.

—¿Santa María, tienes termitas? Dicen que sí.

No me contestó, excepto para mirarme a través del rayo de la linterna con su rostro tierno y compasivo.

—Dicen que si te llevan de aquí es para repararte, que te devolverán pronto al lugar que perteneces.

Me miró con ojos comprensivos; siguió clavando en mí su sabia mirada, pero no me dijo nada.

—Van a sacarte de aquí, pero no tengas miedo. No quieren dañarte. Estarás bien y... mira, en realidad no creo que te lleven a reparar. Dicen que eres muy valiosa, así que lo más posible es que vayan a venderte por un montón de dinero. Probablemente vas a estar en un lugar agradable, aunque no estés con la gente que te ama, incluso si nadie te reza o te habla. Dicen que van a llevarte en una camioneta. Te envolverán en una manta gruesa para que no sufras ningún daño. Luego cubrirán la manta con maíz para que nadie te vea. Supongo que te van a llevar muy lejos. Puede que incluso te lleven en un barco a otro país, aunque no tengas pasaporte. Nunca volverás.

Cuando bajé el haz de la linterna, las sombras se movieron como lágrimas que le corrían por el rostro.

—Tengo que hacerlo, Santa María, me han dicho que tengo que hacerlo.

Me miró como si no lo entendiera. Puede que por estar en el mismo sitio cuatrocientos años realmente no pudiera entenderlo. Intenté explicárselo.

—No tendré un sitio donde vivir si no lo hago. No querrán tenerme con ellos.

Eso pareció entristecerla.

—Probablemente pensabas que estabas segura aquí, ocupando el mismo sitio durante cuatrocientos años. No es tan malo lo que va a ocurrirte, en realidad es muy parecido a lo que me ha sucedido a mí. La policía te buscará pero nunca darán contigo. Nadie volverá a verte de nuevo.

¿Le importaba ser robada? No sabía. Seguía sin decir nada.

Empecé a desear que algo, cualquier cosa, incluso el ratoncito, se moviera y se acercara a mí.

Probablemente el ratoncito, como yo, tenía miedo.

Y sin embargo, tenía suerte. Tenía suerte de vivir en una iglesia toda su vida y desconocer las costumbres humanas o tener que adivinarlas. Tenía suerte de no tener miedo de que nadie lo golpeara o lo dejara. Y puede que en realidad no tuviera miedo de nada, que corriera porque le gustaba correr, con su corazoncito lleno de sangre viva y caliente.

Qué suerte ser él.

Dirigí el haz de la linterna a mí alrededor. Las sombras se movían, sombras de santos en sus pedestales, estirándose hasta el techo mismo, haciendo señas.

No sabía qué querían de mí.

Cerré los ojos frente a Santa María de los Lirios y le supliqué que me diera una señal, que hiciera un milagro.

Y de repente lo hizo. Mis ojos estaban aún cerrados, pero pude ver y tocar su sonrisa tierna y contemplar su piel, más oscura, y su pelo, que cambió hasta hacerse negro y trenzado, como el de doña Celestina, y en lugar de la corona de oro sobre su velo azul vi que se cubría con un perraje rojo, como el de doña Celestina.

Le pedí a Santa María un milagro mayor, le pedí que me hablara y lo hizo. Dijo:

—Tzunún Chumil, soy doña Celestina y Santa María de los Lirios y soy tu madre también, y ya sabes, Tzunún, lo que debes hacer.

Los cerrojos del portón de la entrada se abrieron.

Pequeña como un ratón, libre como un ratón, levanté la vista hacia la luna y las estrellas.

22

A *la luz de la Luna*

El padre era joven, de rasgos marcados, y llevaba un suéter y pantalones de correr.

No se parecía nada a mi padre. Me miró frunciendo el ceño y dijo:

—¿Por qué me molestas viniendo a la rectoría a estas horas?

—Se trata de la imagen —dije—, la imagen de Santa María de los Lirios.

—¿Qué pasa con ella? —dijo.

—Quiero saber si tiene termitas.

Pareció enfadarse mucho y contestó:

—¿Se trata de una broma? ¿Quién te dijo que vinieras aquí y llamaras a mi puerta?

—Sólo quiero que me diga si alguien, alguna vez, le ha dicho que tiene termitas.

—La imagen está en perfecto estado. Nadie me ha dicho nunca nada sobre termitas. Ahora vete y, si piensas que es necesario, vuelve por la mañana.

—Me iré, pero primero tengo que decirle que a la una en punto, es decir, dentro de muy poco, vendrán dos hombres a llevarse la imagen. Dicen que si lo hacen es porque tiene termitas. ¡No puedo quedarme aquí afuera, no deben verme aquí!

El padre me hizo entrar en su casa y cerró la puerta.

—El morral con las herramientas está en la iglesia —dije —. Así sabrá usted que lo que le digo es cierto.

—¿Y cómo has sabido todo esto? —preguntó.

Se lo dije.

Cuando terminé, dijo que me estaba muy agradecido. Me dijo que suponía que debía estar cansada y hambrienta. Me llevó a la cocina y me sirvió unas galletas y un jugo de tomate y luego fuimos a la sala, donde nos sentamos en un sofá grande y cómodo con cojines de cuero.

Me dijo que en un par de minutos tendría que hacer una llamada por teléfono.

—¿A la policía? —pregunté.

No, respondió, no tenía mucha confianza en la policía; eran perezosos y en ocasiones corruptos. No iba a llamar a la policía, iba a llamar al sacristán.

—¿Qué es un sacristán? —pregunté.

—El que cuida de la iglesia —respondió el párroco—. El que toca las campanas.

—No les hará daño a Tío y Raimundo, ¿verdad? —pregunté.

El sacerdote dudó y me contestó:

—No, él no.

—Quizá lo único que realmente quieren Tío y Raimundo es rescatar la imagen. Eso es lo que dicen.

El padre sonrió y respondió:

—No seas ingenua, niña. En realidad tienes muy claro que no es así. Tienes que tenerlo claro o no habrías venido a verme.

—¡No quiero que les hagan daño! —miré el vaso de jugo de tomate que estaba en una mesita junto al sofá—. ¿Tendría la bondad de llevarse el vaso? No puedo beberlo.

El párroco lo colocó en otra mesa, pero yo no podía dejar de mirarlo. Parecía que dentro de él se movieran cosas. Cosas sangrientas. Orejas.

—¿Qué pasa, niña? —preguntó el párroco—. ¿En qué piensas?

—¡No quiero que se enteren de que se lo he contado! ¡Quiero que no lo sepan nunca!

—No lo sabrán esta noche —respondió el sacerdote—, pero se enterarán pronto. Siento decirlo, pero son malos. En cualquier caso necesitas alejarte de ellos.

Me forcé a quitar la mirada del jugo de tomate.

—Si averiguan que se lo he dicho me matarán —dije.

—¿Cómo podrían matarte? Van a ir a la cárcel —contestó el sacerdote.

—Tal vez la policía me encarcele a mí también —dije.

—Eso no ocurrirá. Eres una niña, una víctima.

Eso es lo que él pensaba. La policía diría que yo era una cómplice.

El párroco me preguntó si era católica: le respondí que no. Dijo que en cualquier caso yo era una buena persona por haberle avisado. Incluso si no era católica. Había hecho algo que requería mucho valor.

Él también sabía que al haber acudido a él había perdido mi casa. Pero podía encontrarme un buen lugar donde vivir y tal vez yo me hiciera católica, pero sólo si así lo quería. Y no tenía que preocuparme por la policía: si llegara el caso, él me defendería y les diría que había impedido un delito, que era inocente del todo.

Me dijo que lo esperara mientras iba a su oficina y telefoneaba al sacristán.

Me comí todas las galletas, intentando no mirar el jugo de tomate.

La sala tenía una televisión, libros, periódicos y un banquillo cubierto por un antiguo paño. En una pared había un crucifijo con la figura de Jesús mostrando los grandes agujeros que los clavos habían hecho en sus manos y pies. Tenía orejas, sin embargo. Nadie le había cortado las orejas.

¿Qué sucedería si el padre se equivocaba, si la policía me arrestaba? Si me encerraban en la misma celda con Tío y Raimundo, aparecería muerta por la mañana.

*　　*　　*

El sacerdote se inclinaba hacia adelante en su silla: su cuerpo era todo ángulos, y mantenía la boca pegada al teléfono. Vio cómo me levantaba para irme y me hizo una señal con la mano para que me detuviera, pero yo eché a correr tan rápido como pude, salí de su casa y crucé la plaza buscando un sitio donde esconderme. De repente vi uno.

Rompí un tablero podrido que bloqueaba la entrada, entré a rastras en el viejo campanario, subí las polvorientas escaleras que llevaban al cuarto de las campanas y miré hacia abajo. Vi la iglesia y, al final de la calle, el parquecito, el ayuntamiento y la estación de policía.

Las farolas y la luna iluminaban la plaza con una luz pálida y polvorienta.

Una ráfaga de viento frío atravesó el campanario. Me puse a temblar y me envolví bien en el perraje. Había dejado el reloj de Raimundo en la iglesia; ojalá lo tuviera en este momento. Vi, en la calle que corría a lo largo de la iglesia, cómo un pequeño gato blanco se lanzaba, de un salto, en la oscura maleza. Un cazador nocturno.

Una camioneta sin luces entró en la calle y se estacionó a un costado de la iglesia. El conductor se bajó llevando algo oscuro. Por la forma de andar supe que era Raimundo. Luego salió el pasajero, y también reconocí su forma de andar: era Tío.

Recogió algo de la camioneta; una escalera. Raimundo lo ayudó a llevarla.

Entraron en la iglesia con la escalera y cerraron las grandes puertas.

Todo estaba en silencio. El gato blanco salió de la maleza y cruzó la calle como un rayo.

Mi advertencia no había servido de nada. O el padre no me había creído o el sacristán lo había convencido de que no me creyera.

Nadie iba a salvar a Santa María de los Lirios.

Entre las sombras, donde no se veía a nadie, alguien tosió. Me subí al alféizar de piedra del ventanal y miré directamente hacia abajo. Había hombres bajo el campanario, unos veinte, algunos provistos de machetes. Uno de ellos se volvió y miró hacia arriba, directamente hacia mí, o eso me pareció. Me quedé helada. Bostezó y bajó la cabeza. Retrocedí hacia el interior del campanario.

Otros hombres se movían en la distancia junto al muro de la iglesia, se movían en silencio hacia los arbustos de los que había escapado el gato. Se detuvieron allí, donde nadie que mirara por las puertas delanteras de la iglesia pudiera verlos. Estaban a unos treinta pies de la camioneta, no más lejos. Una de las puertas del portón de la iglesia se abrió con un crujido, un hombre asomó la cabeza por la abertura y miró a todas partes. Tenía que ser Tío. No salió en ningún momento para comprobar el costado de la iglesia donde los hombres se escondían. Se limitó a abrir la puerta un poco más y hacerle una señal a Raimundo; ambos salieron rápidamente acarreando un bulto largo y pesado. Lo subieron a la camioneta y lo cubrieron con el material blanquecino que había allí.

Los hombres que se ocultaban en los arbustos y los que estaban bajo la torre corrieron hacia ellos. Uno agarró a Tío por el cuello. Raimundo debió de haberlos oído: abrió la puerta de la camioneta y entró en la cabina de un salto. Alguien agarró la puerta, pero no se abrió. Salieron hombres de todas partes. La camioneta arrancó con un rugido y los hombres que estaban frente a ella se retiraron tan rápido como pudieron. Raimundo iba a escapar, estaba claro, pero aunque el motor aceleraba más y más, el vehículo no se movía. Los hombres que estaban en la parte de atrás habían levantado la camioneta e impedían que las ruedas traseras tocaran el suelo, lo mismo que si fuera un juguete y Raimundo su conductor.

Alguien rompió el parabrisas con una piedra y arrastró fuera a Raimundo. Dos hombres le sujetaron los brazos y un tercero le alumbró a la cara con una linterna. Tío estaba tendido en el suelo detrás de la camioneta. Alguien lo había lastimado, y yo nunca quise que le hicieran daño.

Lo único que quería era salvar la imagen.

De repente sonó la campana de la iglesia, con tal estrépito que di un salto y me tapé los oídos; pude ver que, en la parte alta de la iglesia, justo frente a mí, había una abertura cuadrada que dejaba ver la forma indefinida del sacristán, cuyo cuerpo se balanceaba de un lado a otro mientras tocaba la campana.

Cientos de personas llegaban corriendo a la plaza desde todas las direcciones, hombres y mujeres, gritando:

—¡Que nos roban! ¡Ladrones!

Vi al padre que bajaba los escalones de su casa.

La gente se arremolinó en torno a la camioneta y al grupo que sujetaba a Tío y a Raimundo. En la parte exterior de la multitud se quedaron los hombres armados de machetes. Dejé de ver a Tío y a Raimundo, pero oí quejidos.

—¿Quiénes son? —gritó alguien. Al principio no hubo respuesta, sólo unos cuantos murmullos iracundos.

—¡Raimundo Rosales y un desconocido! —gritó una mujer.

—¡Raimundo Rosales! —gritaron muchos; oí otras cosas que no pude entender.

—¡Raimundo Rosales! ¡Quémenlo! —aulló alguien—. ¡Traigan gasolina!

Entonces oí al padre que gritaba:

—¡No, mi buen pueblo, no!

Pero llegaba gente con antorchas encendidas y me dio la impresión de que alguien se marchaba en busca de gasolina. Se abrió un espacio en torno a Tío y a Raimundo, y pude verlos de nuevo, tirados en el suelo, en el centro de un círculo de luz anaranjada.

Nunca quise que les hicieran daño, a ninguno de los dos.

La multitud se quedó silenciosa, esperando la hoguera.

—¡Hay otro ladrón en alguna parte! —gritó alguien—. ¡Había otro, escondido en la iglesia!

Yo era el otro. Si me encontraban, ¿me quemarían?

—¡No, pueblo mío, no! —gritó el párroco— ¡Sólo había dos!

Debieron creerle. Nadie me buscó. Llegaron a la carrera dos mujeres con grandes botellas de plástico; la gasolina, supuse. La multitud se abrió y las dejó pasar. Los hombres hicieron que Tío y Raimundo se pusieran de pie y los sujetaron mientras derramaban la gasolina sobre ellos. Malos como eran, yo no quería que los quemaran y los ojos se me llenaron de lágrimas. Le pedí a Santa María misma que los salvara y, justo en ese momento, la campana de la iglesia sonó tan fuerte que creí que mis oídos estallarían, una sirena gimió ominosamente en la noche y arcos de luz roja y azul iluminaron la iglesia y los edificios que quedaban al otro lado de la calle.

Un carro de policía se acercó lentamente desde el parque, abriéndose paso pulgada a pulgada entre la multitud, con policías a pie andando junto a él. La gente les dejó paso; puede que llevaran armas. Uno de ellos debía de tener un altavoz, porque oí cómo tronaba su voz.

—¡Ciudadanos de San Sebastián! ¡Deben entregar a los prisioneros! ¡Si los queman, cometerán un asesinato! ¡Los arrestaremos a todos! ¡Váyanse a casa! —repitió una y otra vez.

El carro de la policía obligó a la multitud a moverse hasta que sólo los hombres que sujetaban a Tío y a Raimundo quedaron frente a él. Los agentes se hicieron cargo de ambos y los metieron a empujones en el carro. El conductor no se molestó en dar la vuelta, sino que recorrió la calle retrocediendo hasta el parque.

La gente corría junto al carro, gritando; no entendí lo que decían.

No logré ver si Tío y Raimundo eran llevados a la estación de policía a través del parque, pero supe cuando habían llegado, porque la multitud dejó escapar un rugido de frustración. La gente permanecía en el parque y en la calle, y aún se sumaban más.

—¡Entréguennoslos! ¡Abran! ¡Entréguennos a los delincuentes! —gritaba la multitud.

Un policía se subió al techo de la comisaría con un altavoz. Prometió que se haría justicia y rogó a las gentes, ciudadanos cumplidores de la ley, que se fueran a casa.

En algunos pueblos las multitudes no se van a casa: a veces pegan fuego a las comisarías e intentan abrasar a todos los que estén dentro hasta que la policía tiene que dejarles que hagan *su* justicia.

La gente de San Sebastián, sin embargo, era sensata. Dejaron de gritar y poco a poco abandonaron el parque.

Unos cuantos hombres devolvieron la imagen de Santa María de los Lirios al interior de la iglesia, flanqueados por un buen número de mujeres. La policía entró y salió llevando la escalera y algo más, quizá el morral de herramientas de Raimundo. El joven sacerdote estrechó la mano de todos y el sacristán cerró el portón de la iglesia.

La calle quedó vacía y la plaza silenciosa. El gato blanco salió de debajo del banco que había junto a la palmera y con las orejas tiesas se sentó a lamerse las patas.

23

Hasta luego, Santo Sam

La casa de Raimundo estaba a oscuras. Usé la llave que me habían dado y abrí la verja. Escuché atentamente cualquier ruido procedente del interior, pero no oí nada. Abrí la puerta.

Había una pequeña lámpara junto a las camas. La puse en el suelo y la encendí. Era tan brillante que casi me cegó. La cubrí con una sábana para disimular su luz a ojos de quien pasara.

En la mesa había una bandeja llena de huesos y dos chuletas de cerdo intactas. Vi también tres papas pequeñas y un par de tortillas. Encontré una bolsa de plástico en el aparador que llené con la comida.

En la habitación de atrás, la candela de Santo Sam aún ardía. Recogí todas mis pertenencias y las envolví en mis mantas. Encontré una cuerda en el aparador, me preparé un matate y lo dejé, junto con la comida, en la puerta delantera por si tenía que marcharme corriendo.

No quería quedarme en aquella casa ni un minuto más, pero tenía que encontrar el papelito que Tío me debía.

Registré la vieja maleta negra, que guardaba debajo de su cama, en el cuarto de delante. Estuviera el papel donde estuviera, no era en esa maleta. Quizá se lo había dado a Raimundo. Moví la lámpara y busqué también en las cosas de éste. Registré el armario, el baño, y todo lo que Raimundo tenía debajo de su cama: betún negro, un cepillo, un viejo par de botas de vaquero... Al meter la mano dentro de la bota izquierda toqué papel. Lo saqué. Eran cien quetzales. No eran míos, así que no los tomé. Los volví a meter en la bota y apagué la luz.

Oí respirar a alguien: el sonido me aterrorizó hasta que me di cuenta de que se trataba de mi propia respiración. Volví al cuarto que había compartido con Santo Sam, levanté las colchonetas sobre las que dormía y miré bajo el paño blanco del altar de Raimundo.

El papelito que me pertenecía no aparecía por parte alguna.

A la luz de la candela negra, Santo Sam me apuntaba con su dedo huesudo diciéndome que no era buena. Diciéndome que siempre fracasaría. Ya estaba cansada de Santo Sam, así que apagué la candela de un soplo.

Y entonces volví a oír algo. No se trataba de respiración esta vez, sino más bien de la ausencia de respiración. Había alguien cerca de mí, lo sabía. Corrí hacia la puerta del dormitorio y choqué con un cuerpo.

Se me escapó un ruido como el de un juguete que alguien aprieta.

—¡Calla! —era Dolores.

No podía librarme. Me tapaba la salida.

—¡No se lo diga a Raimundo! —supliqué—. ¡No le diga que he apagado la candela!

—¿Qué haces aquí? ¡Has puesto la casa patas arriba! ¿Qué te llevas de aquí?

—Nada. ¡Sólo comida! —dije —. ¡No le diga que he apagado la vela!

Dolores suspiró y contestó:

—No se lo diré. Pero ¿por qué has puesto la casa patas arriba?

—Tío tiene un papel que me pertenece. Lo estaba buscando. Pero no lo encuentro.

—Busco el dinero de Raimundo —dijo Dolores—. Para pagarle un abogado.

—Hay dinero en una de sus botas de vaquero debajo de su cama —respondí—. Cien quetzales.

Creí que diría que yo había robado parte de su dinero, que me registraría y que me quitaría mi billete de cien, pero no lo hizo.

—Se ha metido en un auténtico lío esta vez —dijo—. Y lo mismo te pasará a ti si te quedas.

Dolores no iba a impedir que me marchara. No necesitaba tenerle miedo.

Entramos en la habitación del frente.

—¿Qué va a hacer? —dije.

Dolores se encogió de hombros y contestó:

—Ayudarlo. Es mi hermano.

—¡Por favor, no le cuente que me encontró aquí!

—No lo haré —respondió Dolores—. Y no me digas dónde vas porque no quiero saberlo.

Recogí mi bulto y la bolsa de comida de la puerta.

—Tengo la comida que quedó —dije—. Es suya.

—Quédate con ella —respondió Dolores.

El perro empezó a ladrar en el patio trasero.

—Tío dijo que esa perra era feroz —comenté.

—Debe de haberla maltratado. Le di de comer esta noche y es un animal muy tranquilo. Iremos a darle un poco de comida para que se calme. Luego te la llevas.

Todavía me daba un poco de miedo la perra.

—Si se queda contigo, será tu protectora —dijo Dolores—. En cualquier caso, este lugar no es bueno, ni siquiera para un perro.

La perra se tranquilizó cuando le di media chuleta; la desaté y me lamió las manos.

Dolores me ayudó a ponerme el matate en la cabeza. Las tres nos dirigimos hacia la verja.

—Espero que te vaya bien —dijo Dolores—. Te deseo lo mejor.

La perra y yo franqueamos la verja y nos pusimos en camino.

24

Adonde nadie va

Caminamos todo el tiempo por callejuelas. Llegamos hasta el puente amarillo y lo cruzamos, y luego nos dirigimos hacia el lago. La perra trotaba a mi lado, tendiendo las orejas a los sonidos de la noche.

Pequeños animales se escurrían en la maleza, y ella se lanzaba tras ellos, despareciendo en la alta hierba que crecía junto al río. Una de las veces no volvió.

Me quedé de pie en el camino, esperándola. La llamé a gritos; no me importaba que me oyeran.

—¡Vuelve, perra! ¡Vuelve!

No volvió. No podía esperarla más. Pero resultaba muy duro caminar sola.

Pensé que nunca la volvería a ver, pero cuando me acerqué al lago, allí estaba, como un relámpago marrón y blanco a la luz de la luna lanzado hacia mí. Solté todo lo que llevaba para abrazarla y le supliqué que se quedara conmigo. Le dije que iba a ponerle un nombre: la llamaría Ja'al, que significa bella en kaqchikel, mi lengua.

Cuando llegamos a lugar seguro debían ser como las tres de la mañana. La luz de la luna brillaba sobre las pequeñas y brillantes tumbas tan semejantes a casas, y sobre las cuales se levantaban unas pálidas cruces.

La verja estaba cerrada, pero Ja'al y yo entramos arrastrándonos bajo ella.

Pasamos por muchas tumbas, adornadas con ramos de flores metidos en latas o en recipientes de cristal. Encontré un espacio abierto y extendí en él mis mantas, una debajo y otra encima. Rebusqué en mi bolsa de comida, saqué una chuleta y una papa y me las comí. Le di una papa a Ja'al.

Sólo nosotras estábamos en el cementerio, pero percibí algo que se movía. Sentí algo y luego lo oí.

Hay gente que dice que las almas salen a vagar por las noches. Las almas afligidas, las que el Dios cristiano no quiere y el demonio cristiano tampoco, se despiertan a medianoche en sus tumbas abiertas, y los fantasmas de los funerarios que las atendieron en su funeral las trasladan una vez más en ataúdes ribeteados con terciopelo y perlas.

Y de repente vi una que se sentaba en su ataúd. Pronto diría: "¡Compadécete de un penitente, toma mi lugar!" y si yo escuchaba con corazón compasivo saltaría dentro de su ataúd y tomaría su lugar. El difunto saldría corriendo dando palmas con sus manos podridas y desaparecería como humo llevado por el viento.

Pero parecía como si Ja'al no hubiera oído nada, como si no hubiera visto nada.

Quizá fueran sencillamente historias. Quizá ni siquiera fueran verdad.

En cualquier caso decían que las almas en pena no te tentaban si no les tenías miedo.

Me tumbé entre las sepulturas, con Ja'al a unos pies. Pero no podía dormir, la perra estaba demasiado lejos. Le rogué que se tendiera a mi lado y, cuando lo hizo, rodeé su cuerpo con mis brazos. Me dio calor y me hizo sentir segura, del mismo modo que me sentía cuando era pequeñita y dormía entre mis papás.

Me sentí tan contenta de tenerla conmigo. Era pesada, pero muy cálida.

25

Perros de juguete

A la mañana siguiente acabamos la comida, sentadas bajo un sauce a la orilla del lago.

Lejos, en el agua, un pescador remaba en su cayuco, deteniéndose de vez en cuando para comprobar sus redes. El cayuco y él eran simplemente sombras negras contra el sol que despuntaba.

Todo estaba en paz.

Pero yo no: me desperté inquietísima.

Quería ver a Tío. Quería asegurarme de que estaba bien. Cuando recordaba su verdadera forma de ser, se me quitaban las ganas, pero me obstinaba en recordarlo como no era, y mi deseo de verlo se hizo tan fuerte que casi no me importaba nada más.

Una vez, cuando era todavía pequeña, no recuerdo en qué pueblo, yo me encontraba en la parte de afuera de una escuela cuando vi un acto de magia que me asustó. Un hombre estaba sentado en un taburete con un trozo de cartón encima de las rodillas. Sobre el cartón había una barra de un metal grisáceo del largo de la mano, y en uno de los extremos de ésta vi tres perros diminutos, del tamaño de mi pulgar.

Los niños se arremolinaron en torno al hombre para ver los perros de juguete.

El hombre dijo que la barra de metal era el amo de los perros y que podía darles órdenes y hacerlos volar. Si no lo creías, podías apostar diez centavos y quizá ganar otros tantos y además de eso obtener un perro de juguete; además de los que estaban en el cartón, tenía muchos otros en los bolsillos de su pantalón. Nos los enseñó.

Buena parte de los niños apostó, y el hombre guardó sus monedas de diez centavos en otro bolsillo.

El hombre acercó el rostro a la barra y silbó, silbó haciendo un sonido como de viento que daba miedo. Supuse que intentaba despertar su poder. Pero no tuvo éxito: la barra se quedó en el mismo sitio y los perros de juguete hicieron lo propio. Los niños pensaron que iban a ganar. Por mi parte pensé que el hombre iba a desplazar el cartón con las rodillas y hacer que los perros se deslizaran, pero no movió las rodillas en absoluto, sino que se limitó a mover la barra de metal en círculos. Lentamente la fue acercando a los perros y, de repente y con un chasquido, los tres perros de juguete volaron por encima del cartón y se pegaron a la barra.

El hombre agitó la barra en el aire y los perros no se cayeron. La hizo dar vueltas alrededor de su cabeza y los perros siguieron pegados a ella. Estaban allí sujetos y nada los movía. Con los brazos por encima de la cabeza, retiró un poco a los perros de la barra y de repente otra vez ¡clac! volvieron volando a la barra. Volando por el aire. Era algún tipo de brujería. Pero era verdad lo que había dicho: la barra era el amo de los perros, y todos los niños que habían apostado perdieron su dinero.

Temí que Tío fuera para mí un tipo de magia parecido al de la barra.

Si me acercaba demasiado a él, volvería volando a sus brazos, volando por el aire. Si me acercaba, me quedaría pegada a él y haría lo que él dijera, ni más ni menos.

Y yo no deseaba pegarme a él. Deseaba ir con doña Celestina.

Pero si salía de la cárcel, Nebaj era el primer sitio donde me buscaría. Preguntaría por una patoja que podía tener una perra *collie*, una niña que llevaba traje kaqchikel.

Me lo imaginé entrando en casa de doña Celestina y diciéndome:

—¡Venga, Rosa! ¡Es hora de irnos!

¿Qué haría yo?

Nebaj era el único sitio donde nunca estaría segura.

—Ja'al —pregunté—. ¿Qué debo hacer?

La perra me miró, confundida. Metí las manos entre su pelo y la acaricié. Puse la cara contra su cuello y pareció como si me hubiera dado la respuesta.

En la vida, sentirse seguro es bueno, pero mejor, es sentirse feliz.

26

Marcos

En el camino hacia el puente amarillo íbamos acompaña-
dos de patojos que llevaban cuencos de maíz húmedo al
molino para hacer tortillas. También nos flanqueaban
hombres, que iban camino de sus campos con pesados azadones sobre los hombros y machetes en las manos. Había
también mujeres que llevaban enormes canastas de flores
frescas sobre sus cabezas para venderlas en el mercado de
San Sebastián.

Ja'al y yo llegamos al puente. A un costado del camino
estaba estacionado un gran camión lleno de cebollas.

El papá de Elena hablaba con un hombre gigantesco de
espeso pelo negro.

Me quedé de pie con Ja'al hasta que el papá de Elena
me vio.

La primera cosa que dijo fue:

—Buenos días, no tienes buen aspecto.

—Estoy bien —respondí.

—¿Y ahora adónde te diriges?

—Vuelvo a Nebaj —dije.

—Pensé que te quedabas aquí —respondió.

—No puedo.

—¿Por qué?

—Debido a un problema con mi tío.

La amable cara redonda del papá de Elena pareció hacerse todavía más amable por la preocupación. Dijo:

—Quizá puedas hablar con tu tío. Quizá el problema pueda arreglarse.

—Nunca se arreglará.

—¿Tienes miedo de que te castigue por algo?

—Sí. No. Tengo que marcharme.

—¿Y que harás en Nebaj? —preguntó.

—Tengo una amiga allí.

El papá de Elena me miró dudoso.

—Hermano, ella sabe lo que quiere —dijo el hombre robusto—. Yo también tuve que fugarme cuando tenía su edad. Estaría muerto si no lo hubiera hecho.

—Entonces quizá puedas ayudarla —dijo el papá de Elena—. Es una buena patoja, Marcos.

—Voy a la capital —dijo Marcos—. Te puedo llevar parte del camino.

—¿Y mi perra?

—Sin problemas.

Le dije que entonces iríamos con él y le agradecí a don Marcos que me llevara.

—No me gustan los títulos. Llámame Marcos no más.

—Gracias por el viaje, Marcos.

—No es nada.

Puso mi bulto en la parte trasera con las cebollas y nos ayudó a subir a la cabina del camión a Ja'al y a mí.

El papá de Elena me deseó lo mejor.

Marcos arrancó el camión. En un minuto llegaríamos a San Sebastián.

Miré por la ventanilla, tan cansada que se me cerraban los ojos. Entre parpadeos tuve la visión de una niña, una niña que era yo. Estaba en alguna parte de mi futuro y me decía que fuera hacia ella.

—Va a ser un largo viaje, pero espero que sea bueno —dijo Marcos.

—Yo también lo espero.

Marcos redujo la velocidad para pasar sobre un bache, que hizo saltar el camión hacia arriba.

Pasamos junto a la iglesia. Me apreté contra la piel de Ja'al ocultando el rostro. Tenía miedo de que el padre me viera y le gritara a Marcos para que parara el camión.

—Menudo lío hubo aquí la noche pasada —dijo Marcos—. Estaba aquí, lo vi. Dos ladrones intentaron robar una imagen de la iglesia y la mitad del pueblo se echó a la calle para capturarlos.

—¿Y la policía también? —intenté que sonara como

una pregunta pero no lo logré. Marcos no pareció darse cuenta.

—Los últimos —dijo Marcos—. Cuando piensan que les pueden disparar, son muy lentos en aparecer. Y no los culpo. Muchas veces los ladrones están mejor armados que la policía.

Hizo sonar la bocina una vez y desvió el camión para pasar junto a un hombre que llevaba un carro lleno de rodajas de sandía y de mango para vender y luego se detuvo.

—Qué te apetece, ¿sandía o mango?

—Mango —dije—. Por favor.

El hombre del carro nos entregó rodajas de mango y de sandía por la ventana del camión y continuamos viaje.

—Antes de que llegara la policía —continuó Marcos—, la gente del pueblo quería quemar a los ladrones. Los mismos delincuentes roban y matan y escapan de la cárcel una y otra vez. Llega un punto en que la gente decente no puede soportarlo: trabajas y trabajas sólo para que te roben y ves cómo los que amas son asesinados. No hay justicia.

—¿Les hicieron algo?

—No —respondió Marcos—. Por suerte no, les dieron una paliza pero nadie recibió ni un rasguño.

—Quiero decir a los ladrones —respondí—. ¿Les hicieron daño?

—¿A los ladrones? No lo bastante para tener que ir a un hospital, o al menos eso es lo que oí.

Ahora estábamos casi fuera del pueblo; dejábamos atrás el gran Hotel Conquistador y la gasolinera.

—Esta mañana, en el mercado, todo el mundo hablaba de ello —dijo Marcos—. Algunos decían que una niña había dado una pista del robo y que luego había desaparecido.

Fijé la vista en el pelo de Ja'al.

—Todo el mundo quería encontrarla para darle las gracias. El alcalde desea imponerle una medalla.

No pude evitar imaginarme un montón de gente dándome la mano y alguien tan importante como el alcalde de San Sebastián imponiéndome una medalla.

Marcos me miró de nuevo y añadió:

—Pero a veces lo mejor en una situación así no es una medalla. Lo mejor es marcharse del pueblo.

—Sí —respondí —. Es lo mejor. Podría ser lo mejor para esa niña.

El camión se detuvo. Marcos hizo algo con un tubo que salía del suelo de la cabina y el sonido del motor cambió: el camión empezó entonces a trepar por la montaña como una cabra.

Marcos me preguntó si era católica; le respondí que no.

—¿Eres protestante? —preguntó.

Le dije que tampoco.

—¿Así que adoras a Mundo? —preguntó entonces.

Le dije que no sabía.

—Mi religión es piensa, haz el bien, y usa tu cerebro —dijo.

Un peñasco casi tan ancho como el camión había caído al camino desde la montaña. Marcos lo sorteó conduciendo cuidadosamente y aceleró de nuevo.

—Y también, ayuda al prójimo si no es un zorrillo.

No sonaba como una religión.

—¿Eso es todo? —pregunté.

—Eso es todo. ¿Y sabes cómo llegué a ello? A causa de la guerra. Mucha gente de la zona donde yo vivía hacía sacrificios a Mundo y a sus antepasados. Cuando llegó la guerra, los masacraron. ¿Qué hicieron los antepasados por ellos? Nada. Muchos más amaban a Jesús y rezaban y daban donativos y estaban en la iglesia todo el tiempo. Algunos de mis vecinos entraron en la iglesia para escapar del ejército y de los guerrilleros y los masacraron allí dentro, a todos. ¿Qué hizo Jesús por ellos? Nada.

—Quizá sí lo hizo. Quizá lo hizo no en este mundo, sino en el otro —dije yo.

—Quizá lo hizo —contestó Marcos—, pero mi religión dice que no esperes que nadie te ayude. Piensa y usa tu cerebro.

—Me marché de casa cuando tenía doce años —continuó—. Empecé con nada, pero usé mi cerebro y ahora tengo mi propio camión.

No pude imaginarme propietaria de un camión. Y no me importaba cómo hubiera sobrevivido Marcos usando su cerebro; yo quería ayuda del mundo que me rodeaba.

—Es una vida dura la que tienes —dijo Marcos—. Lo sé.

Asentí con la cabeza y parpadeé para contener las lágrimas.

—Pero vas a estar bien. Estoy seguro.

—¿Cómo lo sabe? —pregunté.

—Lo percibo en cierta gente. Tienen una especie de res-

plandor. Un resplandor que les viene de dentro. Tú lo tienes.

—Nunca vi ningún resplandor que saliera de mí —respondí yo.

—La persona que lo tiene no lo sabe —dijo Marcos—.
Pero tú lo tienes, está ahí.

27

La lección

Pasamos por dos pequeños pueblos y al poco rato llegamos a una encrucijada con varios caminos diferentes. Marcos aparcó a un lado de la carretera. Yo no sabía cómo abrir la puerta de su camión porque nunca había montado en uno. Tuvo que dar la vuelta a la cabina y abrirnos para que Ja'al y yo pudiéramos salir.

Me dio una botella de agua pura para beber y señaló un campo de maíz donde había una pila en la que lavaban unas cuantas mujeres.

—Tu perra también necesita agua —dijo—. Tal vez esas mujeres te den un poco.

Bajó mi matate de la parte trasera del camión y lo depositó en la carretera. Desprendía un fuerte olor a cebolla.

—El matate apesta a cebollas —dije.

—No es una peste, es un buen olor —respondió Marcos—. Nunca le ha hecho mal a nadie.

Era hora de pagarle. Tiré del cordón que rodeaba mi cuello para sacar mi monederito y le tendí el único dinero que me quedaba, el bonito y limpio billete de cien quetzales que doña Celestina me había devuelto.

—¿Cuánto le debo?

Marcos, sorprendido, levantó las cejas. Entonces su gruesa mano descendió como un halcón y me arrebató el billete que tenía entre los dedos.

—Esto bastará, muchas gracias.

¡Se había quedado con todo mi dinero! ¡No podría llegar a Nebaj sin él! ¿Cómo podía cobrarme tanto por un trayecto corto que en cualquier caso tenía que hacer? Había pensado que era un hombre bueno. ¡Pero era exactamente igual que Tío!

—¡Muchísimas de nadas! —contesté amargamente y escupí, escupí en el suelo como hacen los hombres. Esperaba que los antepasados o Mundo o alguien supiera que estaba diciendo lo contrario de lo que sentía y le hicieran pagar a Marcos por lo que había hecho.

Ja'al levantó la cabeza con las orejas tiesas: sabía que algo iba mal, aunque ignoraba qué.

Marcos agitó el billete frente a mi rostro, haciendo un vientecillo casi imperceptible con él.

Parecía tan satisfecho de sí mismo que quise golpearle exactamente en su barriga gelatinosa que sobresalía por encima del cinturón, pero si eres una niña no golpeas a un adulto, no te atreves.

—¿No querías darme tus cien quetzales? —preguntó Marcos dulcemente, tal como si no lo supiera.

Negué con la cabeza.

—¿Y por qué lo hiciste?

—¡No se lo di, Marcos! ¡Usted lo tomó!

—No es verdad —dijo Marcos—. Pudiste haberlo agarrado bien fuerte cuando te lo quité, pero no lo hiciste. ¿Por qué?

Me encogí de hombros.

—¡No te encojas de hombros, contéstame!

—Usted me llevó en su camión, usted quería el dinero, usted es la persona adulta.

—Pero eso no es una buena razón —respondió Marcos—. ¿O sí? ¿Te parece razón suficiente pagar tanto dinero por un viaje tan corto?

Le dije que no, que no me lo parecía, y que no estaba bien que él lo tomara, así que, ¿por qué lo había hecho?

Marcos metió el billete en un pequeño compartimiento de su cinturón y dijo:

—Para enseñarte una lección. Así aprenderás a usar el cerebro y a cuidar lo que es tuyo.

Sacó un grueso fajo de billetes arrugados de su bolsillo y separando unos cuantos de uno, de cinco y de diez me los tendió.

—¿Cuánto dinero crees que hay ahí? —preguntó.

—Cien quetzales —respondí yo.

—¿Estás segura? —preguntó—. Hay un montón de billetes y los he contado rápido. ¡Cuéntalos de nuevo!

Así lo hice. Eran exactamente cien quetzales. Mantuve el fajo de billetes lejos de su alcance.

Algunos patojos mayores pasaron a nuestro lado mirándonos bajo sus sombreros.

—Has recuperado algo que era tuyo y que pensaste que habías perdido —dijo Marcos—. ¿Por qué te quedas ahí de pie sujetando ese dinero a la vista de todo el mundo para que alguien te lo quite?

—No entiendo lo que quiere que haga —dije yo.

—Quiero que me des otra vez el dinero —respondió Marcos.

La pesadilla empezaba de nuevo, y yo estaba muy cansada; lo único que quería era que terminara. Empecé a darle el fajo de billetes pequeños pero me apartó la mano.

—Puede que yo lo quiera, pero, ¿eso qué? ¿Qué es lo que tú quieres? ¡Eso es lo que importa!

A lo largo de mi vida, lo que yo quería casi nunca había importado y, por lo general, salvo recordar a mis papás y querer estar con ellos ni siquiera deseaba nada.

Esta vez, sin embargo, sí sabía lo que quería. Hice un rollo muy apretado con los billetes y los metí en mi monederito.

—¡Muy bien! —dijo Marcos—. ¡No has necesitado permiso para tomar lo que ya era tuyo! ¡No has esperado a que Mundo o los antepasados o Jesús te lo diera! ¡Tu cabeza empieza a funcionar! ¡Tus engranajes han comenzado a moverse!

Llegó entonces un autobús. El ayudante sacó la cabeza por la ventanilla y empezó a gritar los nombres de los pueblos por los que pasaría. Una pequeña multitud se precipitó hacia el vehículo; dos hombres abandonaron de un salto la parte de atrás de una camioneta para subirse al autobús.

—¿Sabes cómo viajar? —preguntó Marcos.

—No estoy segura. Creo que sí, pero tal vez no lo sepa.

—Bien —dijo Marcos—, déjame explicártelo. En primer lugar, debes saber que no puedes tomar un autobús. Si viajaras con una gallina o con un cerdito metido en una bolsa sería distinto, porque podrían colocarlos en el techo, pero la perra es demasiado grande; no puede ir ahí.

—En cualquier caso no me gustan los autobuses —respondí.

—Así que vas a tener que usar las camionetas —continuó Marcos—. En segundo lugar no te subas en camionetas donde seas la única pasajera, sube a las que ya tengan unas cuantas personas, para asegurarte de que no te van a engañar y te van a llevar a vaya-usted-a-saber-dónde para hacer vaya-usted-a-saber-qué y arruinarte la vida para siempre.

Asentí con la cabeza; nunca había pensado en eso antes. Me limitaba a ir donde Tío me decía y, si había que pagar, él pagaba. Cuando estaba con él, no tenía que pensar. Quizá lo hacía a veces, por accidente, pero no estaba obligada a ello.

—Y no subas en las camionetas de peor aspecto porque pueden fallarles los frenos y puede que termines en el fondo de un barranco con el cuello roto. Averigua el precio antes de subirte, pero no pagues hasta que hayas llegado. Si no hay testigos, un chófer malvado puede quedarse con el dinero y no llevarte a ningún sitio. Si le entregas a un chófer malo un billete grande igual que el que me has dejado quitarte, nunca volverás a verlo, a menos que tengas testigos, no importa cuánto escándalo armes ni cuánto escupas al suelo.

Marcos sabía que le había faltado al respeto y que le había dicho lo contrario de lo que pensaba, pero no me había pegado por ello.

—Así que limítate a enseñar un billete cada vez, sólo lo que necesites en ese momento, y de esa forma no te engañarán. Fíjate en lo que pagan los demás antes de pagar tú.

—Me cobrarán extra por Ja'al —dije—, porque es grande.

—De acuerdo —respondió Marcos—, lo intentarán, pero tú tienes que decir que se echa a tus pies y que sólo ocupa la mitad del espacio de una persona.

Nos dirigimos a la camioneta de mejor aspecto de la encrucijada, una a la que le habían instalado bancos de madera a ambos lados de la parte trasera.

Dos mujeres que llevaban bebés a las espaldas ya estaban sentadas en uno de ellos y hablaban con el conductor.

—Presta atención y aprende para que luego puedas hacer lo que yo haga.

Habló con el conductor y averiguó que iría por la ruta de Nebaj. El conductor quería cobrar el precio de una persona por Ja'al, pero Marcos le dijo que nadie, jamás, cobraba el precio de una persona por un perro y que Ja'al podría tenderse debajo del banco.

—La perra paga pasaje completo —dijo el conductor.

—Vamos a ver qué nos dicen las otras camionetas —dijo Marcos dirigiéndose a mí. Pero antes de que pudiera marcharse el conductor suspiró y dijo que de acuerdo, que cobraría medio pasaje por Ja'al.

—De acuerdo —dijo Marcos—. ¿No se irá ahora mismo? La patoja necesita darle un poco de agua a la perra.

El conductor dijo que me esperaría.

Marcos me llevó a un lado de la carretera y me dijo:

—Cuídate mucho. Piensa en lo que quieres. Defiéndete en este mundo.

Dijo esto hablándome al oído en voz muy baja y añadió:

—Recuerda: en ti hay resplandor.

Miró su reloj y me dijo que tenía que marcharse. Yo eché a correr a través de los campos con Ja'al para darle agua.

Cuando volví se había ido. Entonces me di cuenta: era un buen hombre. No era como Tío. En absoluto.

28

Mi camino

Tal como Marcos me había dicho, guardé todo mi dinero en el monedero que colgaba de mi cuello, e iba sacando sólo lo que necesitaba gastar. Nadie me robó nada, pero casi todos los billetes se evaporaron. Ni yo ni Ja'al comimos en todo el día, porque temí quedarme sin dinero si compraba comida.

Al atardecer llegamos al gran pueblo de Santa Cruz del Quiché. La única camioneta que iba a Nebaj tenía buen aspecto, pero cuando cayó la noche me di cuenta de que no tenía faros. Un hombre que se sentaba junto al conductor alumbraba el camino con una linterna para que éste pudiera verlo.

En la parte trasera de la camioneta la oscuridad nos tragaba, salvo cuando un coche pasaba junto a nosotros o dejábamos atrás una casa iluminada. El aire se precipitaba sobre nosotros, muy frío, y más frío aún cuando empezaron a caer grandes gotas del cielo. Los mayores sacaron sus pliegos de plástico y se cubrieron y cubrieron a los niños lo mejor que pudieron. Yo no tenía plástico: el mío se había quedado atrás, en casa de Raimundo. Me acurruqué contra Ja'al para resguardarme de la lluvia hasta que una mujer extendió el plástico de la familia y me cubrió con él.

Cuando llegamos a Nebaj era muy tarde. Bajé del camión temblando; seguía lloviendo. Ja'al saltó detrás de mí y se sacudió esparciendo gotas de lluvia en todas direcciones. Todos los que habían viajado con nosotros nos dieron las buenas noches y corrieron hacia sus casas. Después no quedó nadie en las calles.

La luna estaba tan cubierta por las nubes que a duras penas pude dar con el sendero que llevaba a la casa de doña Celestina. Sentía las piernas rígidas y débiles. Cuando llegué a la verja de doña Celestina, también sentía rara la cabeza, como si estuviera a punto de irse flotando.

No había ninguna luz encendida en la casa. Aunque me daba miedo despertar a doña Celestina tiré de la cuerda de la campanilla, tiré fuerte. Su tintineo estalló en mis oídos.

Doña Celestina abrió la mirilla de la puerta y miró hacia fuera.

—¡Soy yo, Tzunún! —grité.

Doña Celestina abrió la puerta y se dirigió corriendo hacia mí, descalza, en bata y sosteniendo una vela. Yo me apoyaba en la verja temblorosa de cansancio y de frío.

—¿Estás bien? ¿Qué ha sucedido? —preguntó.

—Perdóneme por despertarla, doña Celestina, pero no he tenido más remedio. Tío está en la cárcel, en San Sebastián, así que tuve que marcharme de allí. Ya no tengo el corazón dividido, o por lo menos creo que no lo tengo. Por favor, ¿me dejará quedarme con usted?

Doña Celestina abrió el candado de la puerta; su rostro oscilaba entre las sombras y la luz de la vela.

—Tzunún —dijo en voz baja, pero no entendí lo demás. Peligro, preocupación... no sé qué más palabras utilizó, porque todo parecía un enorme revoltijo y no fui capaz de comprender si quería decir que entrara o que siguiera mi camino.

Me llevó a través de la verja y entonces supe que quería que entrara, pero un momento después sentí que me caía, que me caía en el fondo de la noche.

Lo primero que oí fue una voz, alegre y llena de energía, que parecía cantar, como alguien que acuna a un bebé.

—Una buena infusión de alcaloide, Celestina, es lo que yo recomendaría ahora mismo para curar la tos y mejorar la sinusitis. Jugo de limón, miel y ajo, todo junto, para que baje la fiebre. Y por la noche una infusión de hojas de malva y flores de tilo para calmarla.

—Lo que le he preparado ha sido sopa, una sopa de verduras con mucho ajo.

—Muy bien. Necesita comer, pero nada pesado.

Alguien estaba enfermo y doña Celestina y la otra mujer debían de estar prodigándole sus cuidados, pero yo hubiera deseado que no me molestaran. Hacía unos momentos tan sólo estaba en un enorme espacio hecho de rosas con seres celestiales de bondad perfecta que me cuidaban y no tenía ni cuerpo ni necesidades.

Mis manos tocaron los bordes de la estrecha cama y retiré las frazadas. Tenía calor, mucho calor, pero en cuanto me destapé empecé a temblar.

Doña Celestina me tapó de nuevo.

La otra mujer me tocó la frente con una mano suave y acariciante.

—¡Qué bien verte despierta! Me llamo Amalia.

Tenía un rostro ancho y amable, y sus cabellos grises estaban recogidos en trenzas con pompones en los extremos.

Intenté contestarle, pero doña Celestina me hizo callar:

—Ahora no, Tzunún; deja que tu garganta descanse.

—Siempre hay un punto débil —dijo doña Amalia—; cada cuerpo lo tiene. El suyo es la garganta.

Puede que fuera cierto. Sentía la garganta hinchada, y me costaba mucho tragar.

Miré a mi alrededor. Las paredes del cuarto estaban hechas de tablones entre los que había grietas que dejaban pasar la luz. Además entraba más luz por la puerta y por una pequeña ventana. ¿Dónde estaba? Ojalá lo supiera.

Doña Celestina se dio cuenta de lo que pensaba y dijo:

—Estás en mi casa, en el cuarto que fue de mi hija, detrás de la cocina. Tu perra está afuera, en el patio. Dentro de un momento la dejaré entrar para que pueda verte.

Yo sonreí.

—Has dormido toda la noche y casi todo el día. Pronto será nuevamente de noche.

Doña Celestina encendió una candela y la puso en la mesa junto a mi cama.

—No hay electricidad en este cuarto —dijo—. Doña Amalia va a hacer una infusión especial para ti. Es comadrona, y cura con plantas.

—Gracias —respondí. Mi garganta parecía papel de lija. No dije más que esa palabra y casi me quedé sin voz.

Doña Celestina se sentó en el extremo de la cama y dijo:

—Tzunún, no necesitas hablar. Limítate a asentir con la cabeza para contestarme. ¿De acuerdo?

Asentí.

—Cuando llegaste la pasada noche me preguntaste si podías quedarte conmigo. ¿Lo recuerdas?

Asentí.

—¿Todavía quieres quedarte conmigo?

Asentí de nuevo, mirándola a los ojos.

—Sé que todavía no estás bien, pero quiero decírtelo ahora, para que no estés preocupada ni tengas miedo. Sí, puedes quedarte conmigo.

Asentí.

—Tendrás que ayudarme y ser sincera conmigo. Creo que funcionará y que será bueno para las dos y, si no es así, pues bueno, lo habremos intentado y nadie tendrá la culpa. ¿De acuerdo?

Podría no funcionar, es lo que doña Celestina decía. Pero

decía también que podía funcionar; me estaba dando una oportunidad.

Asentí.

—Bien —dijo doña Celestina—. Nos llevará un tiempo, pero creo que aprenderemos a conocernos bien.

Fue a buscar a Ja'al, que me lamió la mano y se sentó a mi lado.

Doña Amalia trajo la infusión y unas cuantas almohadas extras que puso detrás de mi espalda. Doña Celestina me trajo la sopa. Comí y bebí y luego dormí de nuevo hasta la mañana siguiente.

IᐱVᐱᐯᐱVᐱVᐱᐯᐱᐱᐯᐱᐱᐯᐱᐯᐱᐱᐯᐱᐯᐱᐱᐯᐱᐯᐱᐯᐱᐯᐱᐱᐯᐱᐯᐱ

29

La búsqueda

Hablábamos afuera, sentadas a la mesa del patio, con Ja'al a nuestros pies.

Les conté a doña Celestina y a doña Amalia lo que había sucedido en San Sebastián. Dijeron que Tío y Raimundo serían sentenciados a largas penas de prisión por su delito. Les pregunté si el tribunal querría encarcelarme a mí también, y doña Amalia dijo que no, porque yo era una niña y no era culpable de nada.

—El juzgado de San Sebastián quizás te requiera, pero sólo como testigo —dijo doña Celestina.

Mi taza de café empezó a temblarme en la mano y supliqué:

—¡No me hagan volver allí! ¡Por favor!

Me aterrorizaba la idea de ver a Tío y a Raimundo de

nuevo, de decir cosas contra ellos en el tribunal mientras me escuchaban llenos de odio y planeando su venganza.

Doña Celestina me tocó, sujetándome la mano, y dijo:

—No te haré ir, Tzunún; no si tú no quieres. Realmente el tribunal no te necesita; aparte de lo que tú puedas decir hay docenas de otros testigos.

—El tribunal no sabe dónde estás —dijo doña Amalia—, y nosotras no lo diremos. Nadie puede buscarte para convertirte en testigo.

—En cierta manera me alegro de que Baltasar cometiera un delito —dijo doña Celestina—. Ahora no tengo que preocuparme de que me cause problemas por tenerte conmigo.

Sonrió.

—¿Así que nunca tendré que verle de nuevo?

Doña Celestina dijo dudosa:

—Ayer por la noche le pregunté a las semillas de nuevo sobre ti y sobre él. Me dijeron otra vez que le encontrarás un tesoro antes de que el año acabe. Así que tengo que pensar que en cierto modo va a librarse.

—Las semillas no siempre aciertan —dijo doña Amalia.

—Pero la mayor parte de las veces sí —dijo doña Celestina—. No quiero que te preocupes, Tzunún, pero la forma más peligrosa de vivir es ignorar los peligros de la vida.

Yo tenía miedo, y mi rostro debía traslucirlo.

—Has de vivir tu vida de la forma que sea necesaria —aconsejó doña Amalia—. No sirve de nada temer lo que pueda esconderse detrás de cada esquina. Durante los años de la guerra me daba miedo salir por la noche a cuidar a mis pacientes, pero lo hacía de todos modos. Decidí que no aguardaría la muerte escondida en mi casa como si fuera yo una Doña nadie. Si tenía que encontrarme con la muerte, lo haría en mi camino sagrado, haciendo el trabajo que Dios me asignó.

—Tzunún —dijo doña Celestina—, el que veas a Baltasar no significa que vas a morir. Si se cruzan de nuevo, intenta conseguir ese papelito que te debe. Las semillas dicen que lo tiene aún.

Pregunté si sabía de qué trataba el papel. Doña Celestina me contestó que, en su opinión, el papel venía del mismo sitio que yo, del pueblo donde había nacido. Pero no sabía nada más.

Doña Amalia me preguntó que dónde había nacido, y le dije que no lo sabía, salvo que la primera palabra del nombre de mi pueblo era San, pero que no era San Sebastián.

En ese momento doña Amalia y doña Celestina se pusieron a hablar en ixil. Después doña Amalia se fue y volvió al rato con una gruesa guía telefónica. Un vecino se la había prestado.

Doña Celestina, que sabía leer, la abrió y buscó los nombres de todos los pueblos que empezaban con "San". Me los leyó uno por uno, despacio, pidiéndome que le dijera si alguno me resultaba familiar. Los escuché con mucha atención pero no reconocí ninguno.

—Quizá tratas con demasiada intensidad —dijo doña Celestina—. No escuches con tanta atención.

Lo intenté de nuevo, pero no reconocí ni un solo nombre. Y además no había nadie de mi apellido listado en ninguno de los pueblos.

A doña Amalia se le ocurrió que podríamos mandar cartas a todos los ayuntamientos de los pueblos que empezaban con "San", pidiéndoles información sobre los Chumil y contándoles mi historia, lo cual hicimos durante el transcurso de las semanas siguientes.

Doña Celestina escribió las cartas y doña Amalia compró los sellos. Fue un gran esfuerzo que llevó mucho tiempo y que costó casi quince quetzales. También era una buena idea, pero nunca recibimos respuesta alguna.

30

La niña de Nebaj

Doña Celestina hizo todo lo que pudo para protegerme de Tío y de Raimundo.

Me presentó a sus vecinos diciendo que era su ahijada, y que había venido a vivir con ella. Les contó que me habían amenazado, y que si alguien venía preguntando por mí, deberían decir que ella, doña Celestina, vivía sola, y que no sabían nada de mí. Los vecinos prometieron ayudar y hacernos saber si aparecía alguien haciendo preguntas.

Temía que si Tío o Raimundo venían a buscarme, preguntaran por una patoja que llevaba un vestido azul y que personas que doña Celestina ni siquiera conocía pudieran decir que me habían visto. Doña Celestina rebuscó en el baúl de cedro que tenía en su dormitorio y encontró un huipil y un corte de Nebaj. Cuando los desplegó, el fresco aroma del cedro llenó el cuarto.

—Mi hija los usaba cuando era una niña —dijo doña Celestina—. Los tejí yo misma.

El corte era rojo oscuro con finas líneas amarillas que lo atravesaban. El huipil estaba bordado en verde y rojo y tenía muchos triángulos pequeños de seda.

Me los puse.

—Estás preciosa —dijo doña Celestina—. Ahora, cualquier forastero que te vea pensará que eres una patoja de Nebaj.

Le enseñé a doña Celestina los trozos de la taza que se había roto en Sacapulas, y le pregunté si creía que pudiera ser un signo. Me respondió que sí, que era un signo y que lo había entendido correctamente: aludía a mi naturaleza dividida y mi necesidad de convertirme en una. Mientras yo pegaba los trozos de la taza, doña Celestina recitó una plegaria, una plegaria para que yo permaneciera segura y entera.

Cada pocos días le preguntaba exactamente lo que las semillas y los antepasados le habían dicho sobre Tío y si aún decían que yo iba a encontrar un tesoro para él antes de finales de año.

Doña Celestina me respondía que esa predicción no había cambiado, pero que las semillas no mostraban a Tío viniendo a la casa. Tal vez, añadió, había algún modo de que yo le encontrara un tesoro sin tener que verlo siquiera.

Me sentí mejor pensando en eso. En cualquier caso, doña Celestina no me dejaba tiempo libre para preocuparme.

Me encargaba tareas que hacer. Me enseñó a hacer sopa de frijoles negros, a cocinar arroz y a preparar ensaladas.

Barría y limpiaba y lavaba nuestra ropa. A veces iba a casa de doña Amalia cuando me necesitaba, y la ayudaba a preparar las hierbas que había recogido, poniéndolas a secar al sol en su patio, y después atándolas en ramilletes y colgándolas de las vigas de madera en un pequeño cobertizo que tenía junto a su casa.

Todos los días doña Celestina me enseñaba un poco más de ixil, la lengua de Nebaj. Había días que tenía mucha gente esperando para consultarla, así que no la veía hasta la noche. A veces, cuando tenía dinero, me daba un poco para que pudiera comprar cosas para mí.

Quería que fuera a la escuela, pero yo no podía ir a un colegio público sin certificado de nacimiento. Doña Celestina había oído sin embargo de una escuela especial para niños obreros, a la que podía asistir sin tener que enseñar ninguna prueba de quién era ni de cuándo había nacido. Me llevó allí. Así pues, durante algunas horas todos los días estudiaba en esa escuela con muchos otros niños de mi edad. Los niños eran todos de Nebaj, pero como eran pobres, trabajaban. Durante una parte del año trabajaban en el campo: iban con sus familias hasta las tierras bajas, las húmedas y calurosas costas del Pacífico, a recoger algodón o naranjas o a cortar caña en grandes plantaciones. La razón principal por la que nunca habían ido a la escuela era precisamente porque pasaban muchos meses fuera.

Nuestro maestro era un joven de un país que nunca había oído mencionar, un país llamado Holanda. Hablaba español y un poco de ixil. Nos enseñaba los números, las letras y nos dio un libro especial de lectura que el gobierno de Holanda había hecho para nosotros, en español y en ixil. Nos dijo que la gente de Holanda, al otro lado del océano, sabía que nuestro gobierno no nos iba a proporcionar ningún libro de lectura, y que le habían pedido a su propio gobierno que nos ayudara.

Nos enseñó dónde estaba Holanda en un mapa muy grande, y lo lejos que quedaba de Guatemala. Pensé que era asombroso que la gente de un país del que nunca había oído supiera de nosotros y quisiera ayudarnos.

Doña Celestina dijo que mi escuela era una buena escuela y mi maestro, un buen hombre. Me contó que ella, doña Celestina, trabajaba con un grupo de mujeres que intentaban lograr un mejor gobierno en Guatemala y mejores escuelas, como la escuela a la que yo asistía. Me dio miedo que el gobierno y el ejército se enojaran con ella y con las otras mujeres, sus compañeras, por ello. Me dijo que los tiempos habían cambiado, que los años de guerra habían quedado atrás y que no era peligroso tener ideas.

—Además, somos mujeres y no tenemos armas. Y en cualquier caso soy como Amalia: si tengo que enfrentarme a la muerte no será escondiéndome aquí en mi casa, sino en el camino.

Por las tardes, a la luz de la cocina, doña Celestina me ayudaba a leer mi nuevo libro de la escuela. Después de eso llegaba la hora de acostarse, y yo me iba a mi cuarto con una candela, me metía en la cama y la apagaba.

Esa era la parte mala, cuando volvía a tener miedo. Escuchaba las hojas de los árboles del jardín rozándose entre sí y pensaba que eran ruidos que hacían Tío y Raimundo que venían a buscarme; oía un pequeño gemido de Ja'al en el patio y pensaba que se debía a que Tío y Raimundo estaban ahí cortándole la garganta antes de entrar en la casa.

Después imaginaba que entraban en mi cuarto, que me llevaban con ellos y que doña Celestina no se enteraba porque dormía profundamente.

Me daba vergüenza, pero finalmente le dije a doña Celestina que tenía miedo. Dijo que Ja'al podía quedarse en mi habitación por la noche, sobre la cama. Eso ayudó.

También tenía otro miedo del que no le hablé durante mucho tiempo. Tenía miedo de ir al mercado a causa de la vieja con el ojo malo. Tío la había engañado y pensaba que si me reconocía haría que me llevaran a la cárcel ahí mismo, en Nebaj, por pagar con dinero falso.

Al principio iba al mercado para ayudar a doña Celestina a traer la comida a casa, siempre que pudiera no acercarme a aquella tienda, pero muy pronto me dio miedo ir al mercado sin más y empecé a poner excusas para no ir.

Doña Celestina empezó a sospechar y quiso saber por qué no quería ir al mercado. Confesé que Tío le había dado a la anciana un billete falso y que yo no le había avisado.

Doña Celestina me dijo que sí, que había hecho mal, y que más que el miedo a la anciana lo que me estaba matando era mi culpa, y que me haría una limpieza inmediatamente.

Me hizo sentar en una silla en la cocina y me dijo que

pusiera las manos con las palmas hacia arriba y que levantara los pies del suelo.

Así lo hice, mientras doña Celestina me frotaba con un ramillete de fragantes hojas de albahaca para limpiarme del miedo, pasándolas primero por mi pelo y luego por todo mi cuerpo, haciendo que el miedo saliera por las palmas de las manos y por las plantas de los pies, y recitando plegarias por mí.

Cuando terminó me sentí bien, me sentí en paz. Pero doña Celestina dijo que el miedo volvería si no iba a ver a la viejita y reparaba mi falta. Me preguntó si tenía dinero y le dije que sí, que tenía dos quetzales que estaba ahorrando para comprarme un helado. Bien, dijo, podía dárselos a la anciana. Inmediatamente, mientras estaba limpia.

Fuimos andando hasta la tiendita. La viejita se acercó rápidamente al mostrador; sus pies estaban tan mal como siempre, pero ya no llevaba el parche en el ojo. No me reconoció, pero yo tenía mucho miedo.

—No puedo hablar —le susurré a doña Celestina—. Por favor no me haga hablar.

Ella asintió.

Doña Celestina pidió una Coca-Cola que compartimos con dos pajillas bebiendo de la botella. Le preguntó a la señora cómo se llamaba, y luego hablaron del tiempo y de cómo el gobierno nunca arreglaba los caminos y de cuándo iba a dejar de llover. La viejita, cuyo nombre era Marta, contestó que esperaba que las lluvias terminaran pronto, porque le dolían los huesos, y no me prestó atención en absoluto. Terminamos la Coca-Cola y doña Celestina pagó. Entonces dijo:

—Doña Marta, ésta es mi ahijada Tzunún Chumil, una buena patoja. Hasta hace muy poco se vio obligada a viajar con un mal hombre que la trataba mal y que robaba. Le dio a usted un billete falso hace más o menos un mes; no sé si se dio cuenta.

El rostro de doña Marta cobró una expresión de ira y exclamó:

—¡Claro que lo supe! ¡Ojalá no lo hubiera sabido! Perdí con él más de lo que había ganado en todo el día.

—Tzunún no pudo avisarle cuando se lo entregó, porque él la habría castigado, pero quiere que sepa que lo siente y que tiene algo para usted.

Puse mis dos quetzales sobre el mostrador.

—Tzunún quiere que la perdone. ¿No es así, Tzunún?

—Sí. Por favor —dije yo.

Me sentía como si tuviera un elefante en la garganta pero por fin las palabras salieron. La viejita me miró con los ojos entornados y los labios fruncidos como si hubiera probado algo amargo.

—Le devolverá todo el dinero si puede —dijo doña Celestina—, pero ella no se lo llevó y no lo tiene. El hombre que lo hizo está en la cárcel, en San Sebastián. Sin el dinero, desde luego.

La anciana suspiró e hizo un gesto con la mano frente a ella como si estuviera espantando una mosca. Dijo que se había enojado mucho por lo del billete falso, pero que entendía que yo no hubiera podido impedir que Tío se lo entregara. Dijo que me perdonaba, que se alegraba de que me hubiera librado de aquel hombre y que esperaba que hiciera enorgullecerse a mi madrina siendo una patoja honrada.

31

Nacimiento

Un fin de semana doña Celestina fue al pueblo de Cotzal para ver a la familia de su hija. Como no tenían espacio suficiente para todos, Ja'al y yo nos quedamos con doña Amalia. La primera mañana, doña Amalia dijo que iba a enseñarme a hacer tortillas. Calentó el comal sobre el fuego de leña y me dijo que me fijara mientras ella preparaba la primera. Intenté seguir sus manos con mis ojos pero, en lugar de mirarla, mi mirada saltaba a la pila de maderos que se amontonaban en un rincón de la cocina.

—¡Así que ya lo ves! —dijo doña Amalia, me tendió una pequeña bola de masa y me dijo que la aplastara tal como ella lo había hecho. Yo puse la palma de mi mano lo más lisa posible para aplanar la tortilla mientras doña Amalia esperaba, pero no lo hice. Mis manos temblaban, la pequeña bola de masa rodó de mi mano al suelo.

—Pero, ¿qué te pasa? —dijo doña Amalia, mientras todo mi cuerpo temblaba.

Hizo que me sentara y me dijo que tenía que contarle lo que sucedía.

Le conté que, una vez, cuando tenía siete años, Tío me había conseguido un trabajo haciendo tortillas para una señora. Las quemé, y la señora me había golpeado en la cara con un trozo de madera. Después Tío me había dicho que sentía mucho haberme obligado hacer ese trabajo, y frotó la cortada de mi cara con un trozo de limón verde para desinfectarlo, pero seguía aterrorizándome hacer tortillas.

Doña Amalia me rodeó con sus brazos y dijo:

—No espero que te salgan perfectas la primera vez; a nadie le salen. ¿Y no sabes que ni doña Celestina ni yo te golpearíamos jamás?

Nos pusimos en pie, y me enseñó de nuevo cómo se hacían, tratando la masa con mucha suavidad, sin golpearla, sino dándole forma y estirándola con cuidado. Tal como los adultos tratan a los niños, dijo.

Me fijé bien en lo que hacía y aprendí.

Esa noche un hombre llamó a la puerta de doña Amalia. Le contó que su esposa estaba a punto de dar a luz y le pidió que lo acompañara sin pérdida de tiempo. Doña Amalia, Ja'al y yo lo seguimos a su casa, que se erguía entre los campos; yo llevaba el maletín de doña Amalia con todas las cosas que usaba cuando recibía a un nuevo niño en el mundo.

La casa tenía dos habitaciones, una gran cocina donde

también había camas, y un dormitorio. Doña Amalia se acercó a la mujer que yacía en el dormitorio, mientras el señor, sus dos hijos y yo nos quedamos en la habitación grande, esperando. Doña Amalia salió después de un rato y me pidió que volviera a su casa para traer hierbabuena, que la mujer necesitaba beber en infusión para acelerar las contracciones del parto. Me dijo que llevara a Ja'al conmigo. Me dio una linternita que siempre llevaba colgada del cuello para que pudiera alumbrarme.

Ja'al y yo partimos. Yo llevaba la linternita en una mano y la encendía a menudo, cada vez que llegábamos a una zona más elevada o a un declive del camino. La luna lanzaba espesas sombras de los árboles sobre el camino, sombras que me recordaban la noche en que Ja'al y yo habíamos huido de la casa de Raimundo. Cuando miré hacia los árboles creí ver a Raimundo y a Tío entre las sombras. La luz de la linterna me indicaba que no era cierto, pero yo me sentía perseguida. Eran Tío y Raimundo que se acercaban más y más.

Sin embargo estaban en la cárcel de San Sebastián o en alguna otra. Tenían que estarlo.

Cuando llegué a casa de doña Amalia me dirigí al cobertizo con Ja'al, trazando arcos con el haz de la linterna porque pensé que Tío podía esconderse cerca, pero no estaba. Tomé un gran ramo de hierbabuena seca y en ese momento decidí sentarme en una vieja carretilla que estaba dentro del cobertizo. Abracé a Ja'al y respiré la fragancia de las hierbas que colgaban de las vigas. Me sentía segura en aquel lugar; no quería marcharme. No tenía ventanas, y vi unos cuantos tableros que podía colocar bajo la puerta para que nadie pudiera forzarla. Me quedaría, pensé, y abriría sólo a doña Amalia cuando volviera. Entendería por qué no le había llevado la hierbabuena: me faltaba el valor.

Sólo que esa hierbabuena que debía tomar la mujer de parto estaba en mis manos, y parecía que me lo reprochara, diciéndome que tenía un propósito y que yo estaba retrasando ese propósito.

Recordé lo que doña Amalia había dicho sobre cómo ella nunca sería una doñanadie escondida en su casa, sino que a pesar de todos los pesares recorrería siempre su sagrado camino. Me levanté y salí del cobertizo con Ja'al. Emprendimos juntas el regreso a la casita de los campos y, de alguna forma, durante el trayecto no sentí miedo de Tío ni de Raimundo, no me imaginé tantas veces que los veía y ni siquiera pensé que me siguieran. Puede que el motivo de ello fuera solamente que la hierbabuena tenía un próposito y yo también.

El señor me franqueó el paso a la casa. Doña Amalia salió y me dijo cómo preparar la infusión; yo le devolví la linterna. Cuando la infusión estuvo lista fui al dormitorio, llamé a la puerta y se la di a doña Amalia. No miré a la mujer ni una sola vez, por respeto, porque doña Amalia me había dicho que dar a luz es algo que tiene lugar entre la comadrona y la madre y que no debe verlo nadie más. El tener otra gente cerca puede distraer a la madre de la tarea de dar a luz al bebé.

Así que me fui a esperar otra vez con el esposo y los niños. Nos sentamos en aquella habitación, cuya única luz era una lámpara de kerosenо, durante un par de horas. Los niños se durmieron; el hombre tenía un radio de baterías y estuvo escuchando diferentes emisoras en ixil y en español, saltando de una a otra todo el tiempo, como si ninguna le interesara.

La mujer gritó en la otra habitación. Sus gritos despertaron a los niños y el hombre subió mucho el volumen de la radio para que no los oyeran e intentó jugar un juego con ellos dando palmadas. Los gritos, sin embargo, cesaron muy pronto, y el padre y yo supimos que el niño había nacido. Poco después doña Amalia se acercó a la puerta, llamó al esposo y por fin a los niños, que estuvieron un minuto o dos.

Yo también entré. La madre yacía en la cama, y daba de mamar a su hijo. El bebé era rojizo y arrugado y parecía sorprendido. Había estado nadando en el interior de su madre durante tantos meses y ahora flanqueaba la orilla de su cuerpo.

El niño preguntó de dónde había venido el bebé y la mamá dijo que lo había traído un aeroplano. Me di cuenta de que su hermana mayor no lo creía, pero no dijo nada.

El papá besó a su esposa y al bebé y salimos todos; pronto salió también doña Amalia, con su maletín. Se ciñó su perraje y nos fuimos. La niña nos siguió afuera y le preguntó a doña Amalia si su madre estaba bien, porque había oído los gritos y le preocupaban. Doña Amalia le dijo que el bebé había salido del interior de su madre, no de un aeroplano, y que eso dolía, pero que ahora el dolor había pasado, y que lo mejor que podía hacer era irse a dormir. Por la mañana debía hacer todo lo que su mamá le pidiera para ayudarla a que se sintiera cómoda, y respetarla siempre, por el sacrificio que representaba traer una nueva vida al mundo.

Mientras regresábamos a casa salió el sol. Doña Amalia dijo que era el momento perfecto para recoger hierbas. ¿No tenían un aspecto maravilloso? Yo le sostuve el maletín mientras ella se inclinaba para recoger esta hierba o aquélla, diciéndome sus nombres y para lo que servían: los llantenes para las heridas infectadas, la artemisa para calentar el estómago, el algodoncillo para limpiar el hígado; el álsine para el dolor de estómago, la lechuga silvestre para la ansiedad y el mal de nervios, y la ruda para los ataques del corazón.

Yo había visto con frecuencia esas plantas: algunas crecían junto al manantial cuando me dirigía a Nebaj con Tío. Pero hasta aquella mañana no había sabido sus nombres ni para qué servían.

Una mariposa blanca y roja con enormes alas se posó en la parte delantera del huipil de doña Amalia. Se quedó allí, quieta sobre su corazón, incluso cuando doña Amalia casi la toca con la mano.

—Es una señal —dijo.

—¿De qué, doña Amalia?

—Rojo es el color de la alegría y blanco el color de la paz

—dijo—. ¡Dios me muestra que está contento conmigo! Me dice que esta noche he hecho un buen trabajo. Se alegra de que todavía ande por mi camino.

Cuando volvimos a su casa, yo me mantenía despierta a duras penas pero ella estaba llena de energía. Mientras desayunábamos le pregunté si podría convertirme en una curandera, como ella. Me respondió que sí, que podría aprender cosas de las hierbas, pero que para curar de verdad, tenía que tener un don y un sueño: un sueño que me mostrara que curar era mi don especial; y después otros sueños que me enseñarían las diferentes maneras de usar las hierbas.

Me preguntó si había tenido miedo andando sola en la oscuridad, y yo le respondí que sí, que un poco.

—Fuiste valiente de llevar la hierbabuena —dijo—. Sé que a veces te preocupas.

Se sacó la linternita del cuello, la puso en torno al mío y dijo:

—Esto es para ti. Es un regalo especial en recuerdo de esta noche, y de cómo ayudaste a una madre a dar a luz y no pensaste sólo en ti.

32

Hormigas

Una tarde, en casa de doña Celestina, oí que Ja'al ladraba fuera de mi habitación. Corrí a ver de qué se trataba y vi una gran mancha café en el suelo, una mancha que se movía.

Eran hormigas, un río de hormigas, un ejército de hormigas que desfilaba a través de mi habitación y que pasaba por debajo de la pared de tablas hacia la cocina de doña Celestina.

Golpeé el suelo con el pie cerca de una, y se quedó quieta. Me agaché junto a ella tan cerca como pude y la alumbré con mi linterna. Era café rojizo y grande para una hormiga, con una malvada ranura a modo de boca y dos garras curvas que salían de sus mandíbulas para agarrar cosas. Era horrible.

En un instante, se movía de nuevo, arrastrándose por el

suelo de esa fea y retorcida forma que tienen las hormigas. Corrí en busca de la escoba para barrerlas a todas y echarlas al exterior, mientras llamaba a doña Celestina.

Vino corriendo de su cuarto de consultas y exclamó:

—¡Criaturas repugnantes! ¡Se meterán en la cocina y en la cazuela de los frijoles y en la cafetera y por las tortillas, y no tendremos comida limpia ni paz!

Barrí con más fuerza. La escoba desplazaba centenares o quizá miles hacia la puerta y hacia el jardín del patio, pero doña Celestina dijo que era inútil, que la escoba no las detendría, que volverían a entrar.

En la cocina puso madera en el fuego y dos ollas de agua a hervir, mientras yo le apartaba hormigas de los pies con la escoba.

Cuando el agua hirvió, doña Celestina echó ambas ollas sobre el enjambre marrón. Escaldó a centenares de hormigas que cayeron de lado estremeciéndose y muriendo; el resto corrió hacia fuera.

—¡Excelente! —exclamó doña Celestina—. Les dirán a las de afuera que no entren aquí. No sé cómo lo hacen, pero hablan unas con otras.

Saqué las hormigas muertas y el agua de la cocina y de mi cuarto con la escoba mientras doña Celestina me seguía, enjugando el suelo con un trapeador, con el ceño fruncido y frotando bien fuerte.

Yo estaba aprendiendo a leer su rostro: algo le preocupaba.

—Las hormigas… son un mal signo, ¿no? —dije.

Doña Celestina apretó los labios en lo que pretendía hacer pasar por una sonrisa y dijo:

—Puede que no. Les gusta entrar en las casas en el invierno.

—Pero el invierno casi ha terminado. Puedo ver en su cara que son una señal de algo, y no es de algo bueno.

—Deja las preocupaciones para mí —respondió—. Tú no te preocupes.

—¿Son señal de qué? ¡Dígame! —insistí.

—De muerte —respondió doña Celestina—. Cuando entran en una casa es señal de que alguien va a morir.

Esa noche, en mi cama, tuve un sueño en el que Tío intentaba entrar en casa de doña Celestina, golpeando la puerta. Doña Celestina y yo sujetábamos la puerta lo mejor que podíamos, pero la madera se rompía y las bisagras se desencajaban de la pared. Ya iba a entrar, cuando me desperté.

Incluso con Ja'al a mis pies no quería quedarme en mi cuarto ni un momento más. Entré en la habitación de doña Celestina, la desperté y le conté mi sueño.

—No significa que va a venir aquí —dijo—. Es una advertencia, eso es todo.

Se levantó y añadió:

—Las semillas dicen que no viene, pero ¿quién sabe?

Se dirigió a la cocina y tomó el machete de la pila de madera y también una gran lata de aerosol con dibujos de arañas, cucarachas y hormigas. Dijo que era insecticida.

—Es demasiado caro para usarlo con los insectos —dijo—, pero es un arma estupenda.

Me enseñó cómo usarlo si me veía obligada a ello: mantenerlo a la altura de la cabeza, con un dedo en el aerosol, abrir la puerta un poco y dirigirlo directamente a los ojos del intruso y entonces, mientras estaba cegado, abría la puerta del todo y usaba el machete para abrirle la cabeza. Exactamente igual que cuando se corta un tronco. Sin dudarlo.

Yo no quería volver a mi habitación. Le pregunté si podía dormir con ella y me contestó que sí; y Ja'al también podía quedarse, añadió. Así que dormimos todas juntas y yo me sentí más segura.

Por la mañana doña Celestina me leyó las semillas.

Las recogí tres veces y doña Celestina las dispuso en la mesa. Las recogí de nuevo, tres veces más, de modo que pudiera estar segura de lo que leía.

Le pregunté qué decían de Tío.

—Dicen que va a escaparse de la cárcel, pero no dicen cuándo.

Me mordí el labio para no dejar ver que tenía miedo.

—Hay algo bueno —añadió doña Celestina—. Las semillas dicen que él todavía tiene ese papel que te pertenece.

—¿Dicen si le voy a encontrar un tesoro?

—Eso es lo raro —dijo doña Celestina—. Las semillas dicen que sí, pero los antepasados dicen que no. No sé lo que eso significa. El día Q'anil 13 se aproxima. Los antepasados dicen que ese día debo hacer una ceremonia especial para ti, para protegerte, una ceremonia con plegarias a Mundo y a Ahau.

—¿Cuándo? —había que hacerlo cuanto antes, es lo que pensé.

—La semana próxima. Dicen que la haga en el santuario de Dos Ríos.

Le pregunté por qué decían eso.

—Es el sitio para los problemas más serios.

Su tono me dio miedo.

—No te preocupes —dijo—. Los antepasados cuidan de ti. Ya están contigo.

Pero por una vez sus palabras no me consolaron en absoluto.

Por la tarde dijo que pensaba que tenía los nervios de punta, así que hizo un té de lechuga silvestre y me dijo que lo tomara todo.

—¡No soy la única que lo necesita! —dije.

—Si crees que *yo* lo necesito, ¡te equivocas! —replicó doña Celestina—. Estoy muy tranquila y no tengo preocupaciones.

Y entonces agarró una taza y la llenó hasta la mitad.

33

Ceremonia

A partir de ese día, bebíamos té de lechuga silvestre todas las noches. No sé si era bueno para doña Celestina pero lo cierto es que no tuve más pesadillas.

Le conté a doña Amalia que íbamos a ir a Dos Ríos y le pregunté que cómo era. Me dijo que era un sitio muy bonito, en el campo, no lejos de Nebaj. No lo había visto desde hacía mucho tiempo, dijo, y le gustaría acompañarnos.

De la manera que lo dijo, indicaba más bien que estaba *decidida* a acompañarnos.

—¡No quiere que vayamos solas! —exclamé.

—No se trata de eso en absoluto —protestó doña Amalia—. ¡Me gustan las excursiones!

Si tenía otra razón para ir con nosotras no iba a decírmela.

*   *   *

Llegó la mañana de Q'anil 13: después de una noche lluviosa amaneció despejado. Partimos las tres y Ja'al. Íbamos a hacer una merienda en Dos Ríos. Yo llevaba la comida y una pelota para jugar con Ja'al. Doña Celestina llevaba las cosas necesarias para la ceremonia y doña Amalia las canastas para recoger hongos. Dijo que después de la lluvia encontraríamos muchísimos cerca del santuario.

El camino bordeaba acantilados arenosos. Muy cerca de las afueras de Nebaj estaba casi completamente bloqueado por un deslizamiento de tierras, y tuvimos que sortear unas cuantas rocas enormes.

Más allá de ese punto no había vehículos. Lancé la pelota delante de nosotros en el camino desierto y Ja'al le dio caza. Era aún una perra joven y le gustaba jugar.

De repente apareció un sendero rocoso que desembocaba en el camino.

—Estamos muy cerca —dijo doña Celestina.

Entramos en el sendero y subimos una colina; había muchos árboles en torno nuestro. Llegamos a una catarata que saltaba de roca en roca, dejando diminutas gotas de agua suspendidas en el aire como un arco iris. Cerca de ella, en el suelo húmedo, doña Amalia señaló una gran cantidad de hongos, enormes hongos planos anaranjados, del tamaño de bandejas, y otros más pequeños y más pálidos, redondos y del tamaño de platillos. También había de otros tipos, pero doña Amalia dijo que no eran buenos para comer.

—Después de la ceremonia recogeremos los buenos —dijo doña Celestina.

Bajamos tras ella la colina hasta llegar a un bosquecito de pinos donde había una hoguera: un pequeño anillo de piedras en torno a un lugar plano en el suelo.

—Éste es el lugar, el santuario de Mundo —dijo doña Celestina—. Son muchos los que han hecho ofrendas aquí.

Dejamos en el suelo todo lo que llevábamos. Ja'al me miró para que le tirara la pelota de nuevo, pero negué con la cabeza y la guardé.

Doña Celestina me había contado algunas cosas sobre el día Q'anil 13. Me había dicho que era extremadamente poderoso, que era un día para celebrar comienzos y finales, para pedir que brotaran las plantas nuevas, o para la recogida de cosechas maduras. Para celebrar un nacimiento. O una muerte.

Cuando dijo "muerte" me sentí llena de temor. Pensé que las pequeñas semillas rojas le habían dicho que yo iba a morir, pero ella había dicho que cuando las semillas mostraban la fecha Q'anil 13 casi nunca significaba muerte física. Significaba más bien que llegaba a la vida de uno algún cambio grande y necesario. El día Q'anil 13 era el día más poderoso para matar y enterrar debilidades o cualquier cosa mala presente en uno mismo de la que hiciera falta librarse. Y era el mejor día para plantar buenas cosas en uno.

En esas cosas debía pensar, me había dicho, mientras realizaba la ceremonia.

* * *

Doña Celestina se arrodilló y besó las rocas del santuario. Abrió su matate, sacó candelas de muchos colores y las dispuso sobre las rocas con las puntas tocándose en el centro del círculo.

Luego les habló a las candelas, pidiéndoles que alimentaran a los antepasados, a Ahau, y a Mundo, y entonces las encendió.

Nos quedamos allí de pie, mirando. Hasta Ja'al, que contemplaba las llamas, parecía saber que ese fuego era especial. Las velas ardían rápido y la cera coloreada se mezclaba con la tierra. Doña Celestina lanzó bolas de copal a las llamas, que hicieron exhalar al fuego un espeso humo negro y un rico aroma de especias.

Me dio dos mazorcas de maíz secas, que sacó de su matate. Las pasé por el humo, de la manera que me había dicho, para que su alimento llegara a Mundo y a Ahau y después las deposité sobre las candelas.

Doña Celestina rodeó el fuego, entonando cánticos en ixil. Le dijo al Señor Dios que era su sirvienta, de él, de Mundo y de los antepasados. Le dijo al día Q'anil 13 que todo estaba preparado, que todo había sido sembrado, y que ella estaba allí para llevar la recolecta a término. Le pidió a Q'anil 13 que me diera una cosecha; a Mundo, a Ahau y a Santa María de los Lirios que me defendieran, que me mantuvieran lejos de Tío y que me ayudaran a encontrar a mis papás. Pidió que me libraran de toda debilidad y de todos los obstáculos en mi camino.

Le creí a doña Celestina y le di las gracias por la ceremonia y, sin embargo, al mismo tiempo, empecé a sentirme triste sin saber por qué. Quizá porque no sentía ningún cambio dentro de mí. Pero no quise que doña Celestina se diera cuenta de mi tristeza, así que sonreí.

—Vamos a enseñarle los dos ríos a Tzunún —dijo doña Amalia.

Dejamos nuestras cosas en el santuario. Cuesta abajo, la tierra se inclinaba, cubierta por una red de raíces donde crecían árboles jóvenes y esbeltos, con sus ramas cuajadas de orquídeas, ceñidos por las verdes lianas que llamamos mata-palos. Pero los árboles jóvenes eran fuertes y estaban vivos.

Dejamos atrás los árboles para encontrarnos con un río intensamente verde, de aguas profundas y rápidos suaves. Pequeños riachuelos procedentes de las colinas lo alimentaban por los dos lados.

—La gente le dice a este río el río de la alegría —dijo doña Amalia.

El día era cálido, pero el agua estaba fresca. Nos levantamos las cortes y vadeamos con Ja'al, chapoteando a nuestro lado. El fondo del río mostraba como un encaje de arenosos círculos de piedras blancas como sal y afiladas al tacto.

Doña Celestina dijo que la piedra disuelta en el agua se posaba en el fondo y formaba esos círculos, como el azúcar que se disuelve y va al fondo de una taza de café.

Caminábamos despacio en el sentido de la corriente, sujetándonos unas a otras cuando nos resbalábamos. Hasta Ja'al se resbaló una vez y tuvo que nadar a cuatro patas.

—¿Dónde está el otro río?

Doña Celestina señaló hacia el lugar donde caía desde una montaña en el otro extremo del valle.

—El río del miedo —dijo doña Amalia.

—Viene de muy alto —añadió doña Celestina—, y después fluye bajo la tierra. Estamos caminando sobre él. Nadie sabe dónde desemboca, pero podemos ver dónde penetra en la tierra.

Pero nunca lo llegamos a ver, a causa de una planta que doña Amalia vio cerca de nosotros en el río de la alegría. Arrancó una hoja y la probó, berros dijo que eran, y que sería una buena ensalada para comer con nuestro almuerzo.

Me pidió que los recogiera mientras doña Celestina y ella iban a recoger los hongos.

Se estaban alejando cuando vi un remolino rojo flotando en el agua, rojo color sangre, procedente de las patas de Ja'al.

—¡Ja'al está sangrando! —grité.

Doña Celestina y doña Amalia regresaron vadeando hasta nosotros. Doña Amalia levantó las patas delanteras de Ja'al primero una y luego la otra. Ja'al profirió un gemido lastimero.

—Se ha cortado, pobrecita.

—Es la piedra blanca —dijo doña Celestina—. Nosotras llevamos sandalias que nos protegen los pies. Ja'al no.

—Ven con nosotras hasta la catarata, Ja'al —dijo doña Amalia—. El suelo allí es blando.

Aunque las rocas le herían las patas, Ja'al no quiso moverse. Miró hacia el sendero y ladró.

—Quizá haya ovejas en el camino —dijo doña Amalia—. Puede que sea eso lo que la atrae.

Doña Celestina y doña Amalia vadearon a través del agua llamando a Ja'al para que las siguiera. La perra no se movió.

—¡Ve Ja'al! —le dije.

Me miró como dudando.

—¡Por tu bien, Ja'al! —le dije—. ¡Ve!

Se alejó cojeando a través del río, detrás de doña Celestina y doña Amalia, que le acariciaron la cabeza. Después se metieron entre los árboles y dejé de verlas a las tres.

34

La gruta

Los hilos de sangre que Ja'al había derramado fueron palideciendo en el agua y desaparecieron. Las heridas no eran profundas, pero yo me sentí preocupaba y deprimida.

¿Era un signo su sangre en el agua? ¿Cómo puede una persona saber si algo es un signo o simplemente es algo natural? Puede que ni siquiera doña Celestina lo supiera siempre.

Recogí los berros tallo a tallo buscando señales: buenos, malos, incluso señales de que debía dejar de buscar señales. No encontré ninguna.

El sol provocaba una lluvia de destellos en el verde río. Más allá del río, hacia el camino, vi un hombre que salía de los árboles, un tipo flaco vestido de oscuro. Se puso la mano sobre los ojos como si fuera una visera, y examinó el valle.

Llevaba algo sobre el hombro y no tenía sombrero. Sólo los locos van sin sombrero. Me dio miedo.

Guardé los berros en mi perraje. Me iba a ir incluso si no había recogido los suficientes. Arriba, en la catarata, con mi perra y mis amigas estaría a salvo de él. Me puse a chapotear en esa dirección.

El flaco comenzó a correr a lo largo de la ribera del río. Antes de que pudiera llegar a donde estaban mis amigas me encontraría con él. Me quedé en el agua observándolo, dudando qué hacer. Se agachó, agarró una piedra y la tiró en mi dirección. Al instante comprendí que lo peor había llegado: nunca podría cruzar el río, reunirme con mis amigas y estar segura. El flaco loco era Tío.

Sentí en mi garganta el viejo demonio serpiente. Sus enormes anillos se enrollaron en torno a mi corazón y mis pulmones, expulsando el aire de ellos. Abrí la boca para pedir ayuda a gritos a doña Celestina, a doña Amalia y a Ja'al, pero no salió ningún sonido.

Dejé caer mi perraje y me puse a vadear el río en dirección contraria, alejándome de mis amigas y alejándome de Tío también. Tan pronto como llegué a suelo seco, eché a correr. No veía el sendero pero sabía que no podía parar. Inicié el ascenso de una ladera rocosa. Tío estaba en el río y venía tras de mí.

La ladera rocosa se hizo progresivamente más empinada. Yo subí por ella tan rápido como pude, con espinas y arbustos que se me enganchaban en la ropa.

De repente me encontré con que un acantilado blanco

me cerraba el paso; no había forma de escalarlo; corrí a todo lo largo de él mientras oía piedras que caían pendiente abajo y a Tío que se movía entre ellas. Detrás de unos espesos arbustos vi un hueco en el acantilado: un lugar donde, pensé, podía esconderme. Me abrí paso entre los arbustos a manotazos. El hueco era la entrada a una cueva. Me metí en ella a rastras.

Después del brillante sol del exterior me quedé cegada por la oscuridad pero seguí avanzando, tanteando las paredes. Eran suaves y frescas, y al cabo de unos pocos pies se curvaban, convirtiéndose en un gran pilar de roca. Me oculté tras él y lo rodeé en parte con mis brazos. Me pareció un gran árbol, un gran árbol que ascendía a la cima del mundo.

En el silencio oí a Tío, que se abría paso entre la maleza, gritando:

—¡¡Rosa!!

Su voz se fue debilitando y terminó por apagarse completamente: había pasado de largo. Besé el pilar rocoso mientras lágrimas de gratitud rodaban por mis mejillas. La gruta me había salvado; no sólo la gruta, sino Mundo, su espíritu. Doña Celestina había rezado para que Mundo me protegiera y estaba segura de que estaba conmigo, cuidándome.

Si conseguía dejar atrás a Tío, sería libre.

Detrás del pilar, la gruta estaba totalmente oscura, silenciosa, y sin embargo podía sentir el enorme peso de la roca que estaba por encima, por debajo, por todos lados. La tierra toda me protegía. El Dios Mundo, tan grande que podía aplastar a cualquiera, no me había hecho daño, sino que me abrazaba y me protegía. Quizá dentro de mi madre, antes de nacer, me había sentido tan segura, cuando todo su cuerpo me había abrazado, alimentado y protegido. Ahora Mundo, todo a mi alrededor, me alimentaba con su fuerza, y yo era parte de él.

Quería quedarme con él para siempre y no tener nunca miedo.

El miedo me había acompañado durante toda mi vida, el miedo a Tío. Tenía que correr para mantenerme al paso de Tío. Tenía que correr para esconderme con Tío, cuando él hacía algo malo. Tenía que mover mis piernas como una marioneta que recibía órdenes todo el tiempo. "¡Ven aquí!" "¡Vete allí!"

Y aún ahora me escondía. Aún ahora tenía que correr de Tío.

Estar con Tío, huir de Tío: a eso no se le podía llamar vida. Una vida es algo grande.

Un gusano que se arrastra por el suelo tiene una existencia más noble, mejor que la de Tío. Por lo menos un gusano es honrado. Tío no lo era. Quizás había venido para llevarme con él. Pero no me iría. Prefería morir a ser su esclava otra vez.

Puede que hubiera venido a matarme, y si encontraba la gruta lo haría. Pero no importaba. Había una parte de mí que no podían matar: yo estaba en Mundo, y Mundo estaba en mí.

Había oído que la gente se siente tranquila cuando está muy cerca de la muerte, que la muerte no les asusta en absoluto; es sencillamente el siguiente paso en lo desconocido. Exactamente igual que nacer. Me sentí tranquila y muy lúcida; en peligro pero no preocupada. Me pregunté si eso quería decir que iba a morir pronto. Probablemente así era. Pero primero había visto la gruta: el lugar de Mundo.

Y en ese momento me acordé de la linterna que doña Amalia me había regalado; colgaba de mi cuello. La agarré y la encendí.

35

El antepasado

Penetré más profundamente en la gruta. La linterna proyectaba un pequeño círculo de luz blanca sobre la roca que me rodeaba, titilando hacia arriba, como una mariposa, en la gran bóveda del tejado de la gruta, y luego en la pared más alejada, tan alejada que resultaba casi inalcanzable para el delgado rayo de luz.

El suelo, que se inclinaba hacia delante, era blancuzco y estaba sembrado de pequeños guijarros. Llegué a la pared trasera donde había una alta y estrecha abertura que daba a otra cámara. Proyecté la luz de mi linterna en su interior, pero no vi nada. Sentí cómo salía de ella, igual que una advertencia para que no entrara, una negra ráfaga que me envolvió y que me hizo gritar. Había despertado a los murciélagos que allí vivían. Aterrorizados, se alejaron volando, saliendo a la luz del día. Me separé de esa entrada e iluminé el otro lado de la primera cámara. El pequeño círculo de luz zigzagueó exponiendo rocas cristalinas que parecían cera derretida que caían de lo alto.

Me apoyé para descansar en el muro de la cámara y sentí una línea de rocas afiladas contra mi espalda. Las alumbré con la linterna y vi un nicho excavado en la roca. Estaba cubierto con una gruesa capa de piedras cristalinas negras dispuestas en una especie de lecho, y sobre ese lecho había un esqueleto. El esqueleto era una colección de delicados huesos blancos. Los huesos de los brazos, los huesos de las costillas, los huesos de las piernas y todos los huesos diminutos que forman los pies. A su alrededor distinguí unos harapos de tela descolorida que debieron ser su ropa. Repartidas entre sus costillas y los huesos sueltos de sus manos se veían cuentas negras que quizá habían sido un collar. Su cráneo estaba en buena parte escondido bajo una máscara de piedra verde, con ojos de una piedra más azul que el cielo hacia el que miraba la entrada de la gruta y el mundo de la luz. Los labios de la máscara sonreían suavemente. Los toqué, eran suaves como agua.

Por encima de la frente, la máscara cobraba la forma de un pájaro: un pájaro con un pico fino y estrecho y alas extendidas. Contuve el aliento: era un colibrí. El pájaro cuyo nombre llevaba.

Un colibrí no tiene miedo. Si es preciso, luchará con algo mil veces mayor que él. La gente dice que cuando los antepasados más valerosos morían en batalla, sus espíritus volaban al otro mundo, y que todavía permanecen en ese mundo bajo la forma de colibríes inmortales.

Toqué las alas de piedra, el pico, los ojos. Toqué la mano del antepasado, sus huesos sencillos y limpios. No tenía miedo, no tenía el miedo que había sentido en el cementerio de San Sebastián entre las tumbas. El antepasado no estaba inquieto; había estado muerto durante cientos de años. No quería herir a nadie, estaba segura de ello. Su espíritu había volado a otro mundo donde sorbía néctar de flores inmortales. Estaba en paz.

Pronto yo estaría con él. Había dejado atrás un tesoro, el tesoro que se suponía que yo tenía que encontrar hacía tantos años. Las profecías se habían cumplido. Lo único que faltaba era que Tío volviera.

Cerca de la entrada de la gruta, apagué la linterna y me tendí de nuevo aferrándome a mi pilar de piedra. Me dije que debía asegurarme de que Tío se había ido antes de volver con doña Celestina. Pero en lo más hondo de mi corazón sabía que estaba esperando a Tío.

El aire vibró alrededor de mí con la presión de las alas y luego se aquietó. Los murciélagos habían regresado a su mundo de tinieblas.

Quizás habían pasado horas desde que había visto a Tío, o tal vez sólo minutos. Puede que días, semanas o eternidades.

Oí el crujido de los arbustos fuera de la gruta. Y oí su voz, ronca, rota, triunfante, que decía:

—¡Murciélagos! ¡He visto murciélagos! ¡Volando hacia aquí, hacia esta gruta! ¡No salen de día a menos que algo los moleste! ¡Sé que estas ahí, Rosa! ¡*Te encontré*!

36

No podía dejar de escuchar

Oía la respiración de Tío. Podía sentir cómo miraba, escuchaba, escrutaba la gruta. Podía olerlo, y apestaba.

Pero él no estaba seguro de que yo estuviera allí, no realmente. No podía saber dónde estaba con toda aquella oscuridad, pero quería que lo oyera, así que se puso a dar gritos con su voz resonando y haciendo eco en torno a mí. Iba a decírmelo todo, dijo y, sobre todo, lo que pensaba de mí, Rosa la soplona, Rosa la traidora.

Me propuse no escuchar. Si hubiera sido capaz de hacerlo me habría salvado. Pero mi voluntad no era lo bastante fuerte: oí cada palabra.

Había arruinado su vida, dijo. ¡Cómo habían sufrido Raimundo y él en la cárcel de la gran ciudad, pasando hambre! La única razón por la que habían sobrevivido era que la policía permitía que unos cuantos presos y ellos lavaran autos en la calle. Vigilados por guardas, naturalmente. De esa forma ganaban unos cuantos quetzales con los que podían comprar comida. Usaban su propia ropa, porque no había uniformes.

Se escaparon justo antes del juicio, mientras hacían gimnasia en la azotea. Como tenían dinero y su propia ropa, estaban seguros de que lo conseguirían. Corrieron por los techos hasta que los policías empezaron a disparar. Tío logró escapar, pero mataron a Raimundo. Por mi culpa, dijo Tío. En realidad, yo era quien había matado a su mejor amigo.

Había engañado a las ovejas que eran los vecinos de doña Celestina. Cuando llegó a Nebaj, no preguntó por mí. Se limitó a preguntar por la adivina y dijo que deseaba una ceremonia. Está en Dos Ríos, le dijeron. Pero él me había encontrado a mí, no a ella.

Así que ella estaba viva, pensé, y eso quería decir que doña Amalia estaba viva y Ja'al también. Quizá estaban buscándome.

Siguió diciendo que en cualquier caso no quería ver a la adivina, que ya había visto lo bastante de esa bruja. Le había mentido y se había burlado de ella cuando le dijo que no había estado en La Hortensia. La había visto después, sólo un momento desde el camión del ejército, pero siempre la había recordado. Por sus ojos.

Su voz cambió y supe que venía algo verdaderamente malo. Me tapé los oídos con las manos pero gritó más fuerte que nunca, y el sonido atravesó mi cuerpo.

—Sus ojos eran igual a los de tu madre, Rosa, el día que te llevé. Sí, Rosa, fui yo. Yo te llevé, te rapté, ¡yo te separé de tu madre!

—¡Deja de gritar! ¿Vas a dejar de gritar? Bien, no importa, ahora ya te he encontrado, deja de gritar.

37

El río del miedo

Tío me sacó a rastras a la luz y me sujetó por el pelo. Tenía un rollo de cuerda en torno a su hombro.

—Me gusta la cuerda —dijo. La ató en torno a mi cintura y me sujetó las manos detrás de la espalda. Agarró la cuerda bien fuerte, retrocedió y me miró, y su mirada me dijo que yo iba a morir.

Me mataría inmediatamente, dijo, si no fuera porque el asunto del tesoro le intrigaba. Suponía que tendría que haberlo encontrado ya, si es que alguna vez iba a encontrarlo. Pero si no era así, me mataría de cualquier forma porque estaba harto de esperarlo. Pero, dijo con sus ojos enrojecidos que lanzaban destellos, si le enseñaba el tesoro me perdonaría todo y podríamos volver a recorrer los caminos juntos.

Yo pensé, *nunca le diré nada del tesoro, haga lo que haga.*

No a causa del antepasado, que no lo necesitaba más, si no porque no quería mancharme ni ensuciar mi vida. No iba a robar por Tío, ni a esconderme por Tío, ni a correr con Tío, ni a correr de Tío nunca jamás. No iba a volver al camino con Tío, nunca jamás. Yo tenía mi propio camino. Era corto, pero resplandecía y, al final, yo sería un colibrí.

No lucharía con Tío con mi cuerpo. No porque le tuviera miedo: era simplemente que no podía soportar su contacto. Y sin embargo, no me rendiría. Podría matarme pero no me derrotaría. Era parte de Mundo, lo sentía, y como un guerrero, tendría una gran vida hasta el instante de mi muerte.

—Así que, ¿dónde está el tesoro? —preguntó Tío.

No respondí. Pensé que acabaría conmigo pero se limitó a añadir:

—Siempre fuiste callada.

Quizá pensó que estaba demasiado aterrorizada para hablar.

Se quedó de pie mirándome, intentando leer mis ojos. Y entonces hizo una suposición:

—Está aquí, ¿no?

No respondí. Me quitó la linterna y me empujó hacia la gruta.

Movía el haz de la linterna de una parte a otra, y no donde yo necesitaba ver. Tropecé en la oscuridad pero la cuerda me mantuvo de pie. Llegamos al nicho y al brillante lecho de piedras donde el antepasado yacía.

Tío proyectó la luz de la linterna sobre los huesos y la

máscara y se echó a reír. Dijo que la máscara no era más que piedra y que no tenía valor.

Se quedó allí de pie aspirando el aire por entre los huecos de sus dientes.

Apartó la máscara, y atravesó con sus dedos las órbitas de los ojos del cráneo y lo levantó, debajo había diminutas figuras de jaguares talladas en oro.

—¡Lo tengo! —dijo Tío—. ¡Lo tengo para siempre!

Se guardó las figuras de oro en los bolsillos y me empujó delante de él hacia la salida de la gruta.

—Ciertamente hay más tesoros aquí, en lo más profundo —dijo Tío—. Lo suficiente para toda una vida. ¡Volveré por él! ¡Puedo regresar en cualquier momento!

No podría hacerlo si me dejaba vivir. Lo traicionaría de nuevo. Él lo sabía.

Apretó los nudos de la cuerda que me rodeaba y dijo:

—Te debo un pedacito de papel —me dijo burlándose—. Te lo daré en el río.

Bajamos por la colina hasta el río. Si me iba a tender la mano en el río para darme algo, quizá pudiera desequilibrarlo, hacer que se cayera.

—Éste es el río equivocado —dijo.

Me obligó a caminar delante. No tendría oportunidad de empujarle.

Vadeamos el río de la alegría y pronto nos encontramos sobre roca seca. No podía ver el río del miedo, pero podía oírlo.

Y de repente nos encontramos en el acantilado que quedaba por encima de él, desde donde se le veía retumbar y gruñir soltando espuma. Era algo terrible de ver.

Grandes rocas que había arrancado de la ladera de la montaña se desplomaban como guijarros en la corriente. Los troncos de árbol que había arrancado en su caída daban vueltas y chocaban unos con otros. Y entonces, repentinamente, arrastrando todo lo que llevaba con él, el río se precipitaba en un oscuro túnel excavado en la roca y desaparecía bajo tierra. En lo profundo, debajo del río de la alegría, fluía éste, rugiendo. Nadie podía verlo. Nadie podía oírlo. Pero allí estaba. Quien cayera en él nunca volvería a la superficie.

—Mundo dijo que te cortara la lengua y las orejas —dijo Tío—. Pero no lo haré.

Lo dijo como si me estuviera ofreciendo una tregua. Sacó su viejo monedero del bolsillo y añadió:

—Tu papel está aquí. ¿Lo quieres?

Soltó unos cuantos pies más de la cuerda que llevaba enrollada sobre el hombro. Me aparté de él tanto como pude, en dirección a las lejanas montañas.

—Di que lo quieres. Di, ¡por favor, Tío! Y te lo daré.

No me importaba lo que me ofreciera o lo que tuviera, no iba a contestarle. No iba a tocar nada suyo. No hablaría jamás.

Hizo una mueca y me tiró el monedero.

—Está bien, no hables —dijo—. Récogelo. Quiero que lo tengas. Quiero verlo en tus manos.

Doña Celestina me había dicho que tenía que conseguir

el papel. Pero ahora, cuando tenía la oportunidad, sabía que no lo debería tomar. Algo, en la forma en que Tío estaba allí, de pie, me lo decía. Me decía que quizá no era un papel. Me decía que incluso si lo era, no lo vería mucho tiempo.

—Te lo debo. Te lo doy —dijo Tío. Sonrió. Me tendió la mano derecha con la palma hacia arriba como alguien que nada esconde. Su mano izquierda tensó la cuerda.

Sus ojos resplandecían: parecía un jaguar a punto de saltar. Decidí no tocar su monedero. No le daría esa satisfacción.

—Te desataré las manos —dijo Tío—. Te lo haré fácil.

Me ató las piernas. Luego me soltó las manos, sujetándolas entre uno de sus brazos y la rodilla mientras lo hacía. Soltó más cuerda de la que me sujetaba la cintura y retrocedió hacia el borde del acantilado, donde se quedó mirándome.

—Ahora te resultará fácil recogerlo —dijo Tío—. En cuanto lo tengas, te dejaré ir.

En cuanto tuviera el monedero en la mano, lo haría. En ese momento me lanzaría al río de un tirón, al río donde los troncos, y las rocas, y la corriente, me llevarían bajo tierra para siempre.

—De verdad —dijo Tío—. De verdad que en cuanto lo tengas, te dejaré ir.

¡Sonaba tan sincero! Una parte de mí le creía.

El monedero estaba entre nosotros. Me dirigí a él a pasitos. Más cerca de él. Más cerca del río del miedo.

Me quedé de pie junto al monedero, mirándolo.

—¡Recógelo! —dijo Tío.

Me incliné pero levanté una piedra, una piedra que tiré tan fuerte como pude. Le dio en el pecho y soltó una maldición:

—¡Al diablo con el papel! —dijo—. ¡Al diablo contigo!

Comenzó a tirar de la cuerda acercándome más y más. A él. Al risco. Al río del miedo.

Yo daba pasos diminutos para no caerme. Eso lo hacía más fácil para él. Me miraba fijamente, sonriendo.

Creía que me controlaba, pero dentro de mí le ordenaba con todo el poder de mi mente:

Míreme hasta el final.

Y lo hizo. Quizá esperaba ver dolor en mis ojos, pero no le daría esa satisfacción. Quizá esperaba ver miedo, pero no se lo mostraría. Tampoco esperanza. Sólo dejaba ver que le veía.

Nunca aparté la mirada de la suya. Nunca dejó de mirarme a los ojos. Dentro de mí le ordené que no volviera la cabeza y no lo hizo. No vio a Ja'al hasta que ésta profirió un gruñido desde lo más hondo de su pecho y para entonces la perra se encontraba ya sobre sus patas traseras, lista a destrozarle la garganta. Levantó los brazos para protegerse y dejó caer la cuerda, pero no pudo impedir que el animal desgarrara su cuello. Se tambaleó hacia atrás, con los brazos revoloteando y Ja'al encima. Se caía al río desde el risco y Ja'al con él. Salté hacia delante. Giré en el aire y algo sonó en mi tobillo cuando me lancé y agarré a la perra, pero no caí.

Ni ella tampoco.

38

Un trocito de papel

Doña Celestina y doña Amalia me acariciaron el pelo e hicieron que me sentara. Doña Amalia se dio cuenta de que yo tenía un tobillo roto. Tocó el hueso y lo puso en su sitio. Grité mientras lo hacía, pero logré no llorar mientras lo vendaba con un trapo y un palito recto.

Después, empecé a temblar. No sólo temblaba mi cabeza, sino todo mi cuerpo.

—Es el trauma —dijo doña Amalia—. Has sufrido un gran susto.

No era trauma. Era sencillamente que mi mente se había ido, perdida entre los remolinos del río subterráneo.

Me envolvieron con sus perrajes. Me frotaron las manos, los brazos, la espalda, hasta que mi mente volvió a mi cuerpo. Miré a mi alrededor como si viera el mundo por primera vez.

Doña Amalia señaló y dijo:

—¿Que hay sobre esa piedra?

—El monedero de Tío —respondí—. Me lo ofreció. Me dijo que el papelito que me debía está dentro. Pero no lo quiero. ¡No me importa lo que haya en él!

Doña Celestina recogió el monedero y lo abrió. Estaba vacío.

—Mintió —dije.

Doña Celestina asintió con la cabeza, pero no dijo nada. Parecía que estaba escuchando una voz en el viento. Un antepasado que le hablaba del monedero que tenía en la mano.

Tiró de él en todas direcciones hasta que sus gastadas costuras cedieron. Un pequeño papel cayó del monedero y aterrizó sobre las rocas.

Una ráfaga de viento se apoderó de él. Doña Amalia dio un salto y lo agarró justo al borde del risco. Me lo entregó.

Lo desplegué: era un papel blanquecino no mayor que mi mano, con cuatro diminutos agujeros de alfileres en las esquinas. Había sido prendido por una madre en el huipil de su hija.

El papel estaba húmedo, pero la tinta no se había corrido, sino que permanecía firme como la mano que una vez había escrito en claras letras azules suavemente redondeadas:

Esta niña es:
Tzunún Chumil
75, Calle del Calvario
San Juan Sacatepéquez

39

Reunión

Nunca le dije a nadie, ni siquiera a doña Celestina, nada del tesoro ni de cómo me había identificado con Mundo, en la gruta. Quizás un día lo hiciera. Y quizás un día averiguara que, de algún modo, doña Celestina ya lo sabía. Pero en este momento no deseaba arriesgar lo que sentía: Mundo era parte de mí.

Al principio no podía pensar muy bien, al menos no como la gente lo hace a diario. Tampoco había aprendido a manejar mis muletas, con sólo un día de práctica.

Doña Celestina y doña Amalia habían dispuesto mi estrecha cama en el patio. Ja'al estaba echada a mi lado.

Mis cabellos estaban trenzados con lazos de colores nuevos. En el yeso que el doctor había puesto en mi pierna, doña Celestina y doña Amalia habían dibujado cosas, soles y lunas y el planeta Tierra. Colibríes y estrellas.

Me dolía el tobillo, pero por lo demás estaba bien. En mi mente aún podía ver mi resplandeciente camino. No sabía dónde iba exactamente, pero sí que era bueno y que se extendía por un largo trecho.

En algunos momentos me daba miedo de que mis padres no me quisieran de verdad. Entonces pensaba que, por lo menos a mí, tenían que quererme. Estaba más preocupada por Ja'al; quizá mis padres no me dejaran quedarme con ella. Sabía que eran personas honradas y Ja'al era un animal robado.

Doña Celestina leyó las semillas sobre eso. Dijo que sí, que mis padres buscarían al primer dueño de Ja'al debido a lo mucho que habían sufrido con mi falta. Ellos no querían robar un ser viviente de nadie. Pregunté si encontrarían al auténtico dueño de Ja'al y dijo que sí, pero que sólo una persona con un corazón de piedra me arrebataría a Ja'al, y las semillas decían que el propietario de Ja'al no tenía un corazón de piedra.

Así que esperé lo mejor.

Cuando sonó el timbre, doña Amalia se dirigió a la puerta mientras doña Celestina se quedó conmigo y me sostuvo la mano.

Justo cuando debía haber sido más feliz, mi corazón explotaba de tristeza.

—Doña Celestina —susurré—, ojalá fuera usted mi madre.

Me apretó la mano y contestó:

—Vendrás a visitarme. Seremos amigas. Siempre, siempre.

Ja'al se sentó con las orejas paradas, escuchando.

Un hombre y una mujer se dirigieron hacia a mí. Sonreían. Mi mamá. Mi papá. Los recordaba jóvenes, pero habían dejado de serlo. Tenían profundas líneas marcadas en sus rostros.

Doña Celestina me ayudó a levantarme. Puse mi brazo sobre ella y di un paso hacia mis papás. Un paso para franquear tantos años, para cruzar eternidades de pena.

Mis papás me abrieron los brazos. Doña Celestina me soltó y mi papá me levantó en el aire.

Su voz sonó suavemente en mi oído. Mi mamá me besó la cara, el pelo, sus manos se deslizaron suavemente por mis brazos, mientras decía llorando:

—¡Tzunún! ¡Hija mía! ¡Mi querida Colibrí!

Todavía los conocía. Me sentí como si acabaran de despertarme de un largo sueño. Como si hubiera estado dormida mil años.

Nos abrazamos hasta que todos esos años de alejamiento desaparecieron y, durante un momento, nos fundimos en uno, una familia resplandeciente como el sol, más brillante que un universo de estrellas.

Glosario

alicates:	tenazas
arriates:	setos
candelas:	velas
cayuco:	canoa para pescar
cirios:	velas
comal:	parrilla
corte:	falda maya tejida a mano
chumpa:	chaqueta
fresco:	jugo
gradas:	calabaza
huipil:	blusa maya tejida a mano
imagen:	estatua religiosa
invierno:	estación de las lluvias desde mayo a octubre
lancha:	barco
mata-palos:	enredadera que usa a los árboles para trepar, los sofoca y termina matándolos
matate:	hatillo, bulto
mecapal:	correa de cargar

molinillo:	batidor
morral:	bolsa
patojo:	chico
pepián:	salsa de semillas de güicoy tostadas y molidas
perraje:	chal
picop:	camioneta
red de pita:	bolsa hecha de cualquier tipo de hilo, cuerda o macramé
ruedo:	dobladillo
tachuelas:	chinchetas
tecolote:	lechuza
zorrillo:	mofeta

AGRADECIMIENTOS

Tereso Joj, director administrativo de la Universidad
Maya, Universidad del Valle, Altiplano de Guatemala;
Arnulfo Axpuac, sacerdote maya; Cayetana Xicay Esquít,
comadrona; María del Carmen Tui, adivina; Luis Queché,
curandero herborista y adivino; Richard N. Adams y
David Libbey, antropólogos; Michael Shawcross, espeleó-
logo; Dr. Hugo René Sicán, veterinario; Fernando
Quezada Toruño y José Aguilar, abogados; al Dr. Gove
Hambidge, psiquiatra, y también a Miguel y Elisa
Cacrúm, Margarita e Isabela Par, Manuel Morales, Blanca
Esthela Cúmes Chopén y Rosa Queché Can por ser mis
asesores en la creación de *Colibrí*.

Ann Cameron

Ann Cameron nació en Rice Lake, un pueblo de 6.000 habitantes situado en el estado de Wisconsin, en el norte de Estados Unidos, donde hace mucho frío y, a veces, incluso nieva en junio y septiembre.

Ann nació el 21 de octubre de 1943 en medio de una tormenta de nieve. Sus padres lograron llegar al hospital antes de que Ann llegara al mundo.

Ann creció en medio de la naturaleza y de ahí su amor por ésta, por la libertad y por la imaginación.

Supo que quería ser escritora desde que estaba en la escuela primaria. De niña leía mucho y escribía cuentos, soñando en convertirse en escritora.

En 1965, se graduó de la Universidad de Harvard, Massachussetts, y trabajó por un tiempo en una casa editorial de Nueva York. Posteriormente, obtuvo su diploma de maestría en Bellas Artes en la Universidad de Iowa.

La semilla, su primer libro para niños, se publicó en 1974. Para escribir este cuento, se inspiró en una semilla de calabaza que germinó en la ventana de su casa.

En 1983, Ann visitó Guatemala por primera vez y le gustó tanto que decidió vivir parte del año en Guatemala y parte del año en Nueva York. Siempre pensó que, al vivir entre dos culturas diferentes, tendría una visión más amplia y más humana del mundo. Desde hace muchos años, vive permanentemente en Panajachel, un bello pueblo de Guatemala, a orillas del lago Atitlán, uno de los lagos más hermosos del mundo.

Uno de sus libros, *El lugar más bonito del mundo,* se basa en anécdotas de niños de Panajachel, especialmente de un niño que logró superar innumerables problemas durante su niñez y llegó a convertirse en arquitecto.

Además de *El lugar más bonito del mundo,* Ann ha publicado *La vida secreta de Amanda K. Woods,* una novela basada en su niñez en Wisconsin.

Con su nueva novela, *Colibrí,* Ann Cameron se revela no solamente como una magnífica escritora, sino como una mujer singular que ha sabido ganarse el cariño y el respeto de las personas que la conocen y la admiran.

Ann y su esposo, Bill Cherry, luchan incansablemente e incluso aportan su propio dinero para mejorar la Biblioteca Popular de Panajachel y otras bibliotecas de Guatemala. Uno de sus mayores deseos es que, al igual que los niños estadounidenses, todos los niños centroamericanos tengan la posibilidad de entrar en una biblioteca bonita de su pueblo para leer, aprender y soñar.

MÉXICO

Belize

⊛Belmopan
BELIZE

Golfo de Honduras

Islas de la Bahía

● La Ceiba

Volcán Tajmulco

GUATEMALA

● San Pedro Sula

HONDURAS

▲ Chichicastenango *Motagua*

● Quetzaltenango

⊛Guatemala

Tegucigalpa
☆

Santa Ana

EL SALVADOR

San Salvador

San Miguel

NI

Chinandega

León ●

L. Manag

Managua☆

L. Nicar

OCÉANO PACÍFICO

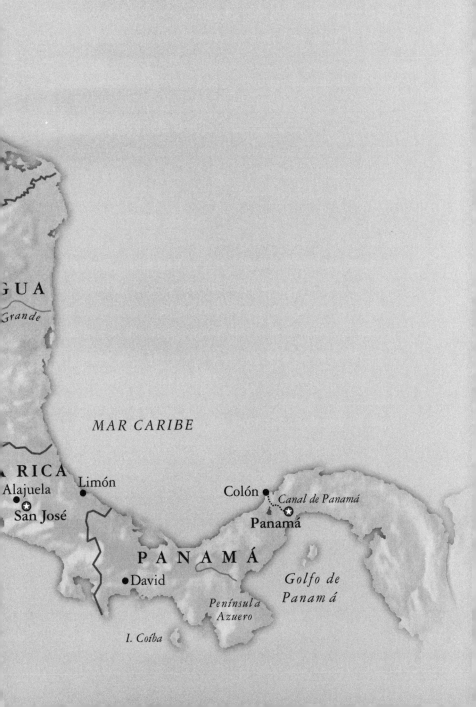

GUA

Grande

MAR CARIBE

RICA

Alajuela
San José

Limón

Colón
Canal de Panamá
Panamá

PANAMÁ

David

*Golfo de
Panamá*

*Península
Azuero*

I. Coíba